たくらみの罠

愁堂れな

幻冬舎ルチル文庫

CONTENTS ✦目次✦

✦たくらみの罠✦

たくらみの罠 …… 5
恍惚 …… 163
美しき獣の嫉妬《ジェラシー》 …… 173
美しき獣の休息 …… 209
コミックバージョン …… 235
あとがき …… 238

✦カバーデザイン＝高津深春（CoCo.Design）
✦ブックデザイン＝まるか工房

イラスト・角田　緑✦

たくらみの罠

1

「う……っ……あ……っ……」

ギシギシとベッドが軋《きし》む音と共に、高沢裕之《たかざわひろゆき》のすっかり嗄《か》れた喘《あえ》ぎ声が絶え間なく響く。

ベッドの軋む音も、そして高沢の喘ぎも、聞こえ始めたのはもう二時間は前だった。

この二時間の間に高沢は既に三回、達している。三度目の絶頂を迎えたあと、尚《なお》も行為を続けようとする相手に高沢は、

「もう無理だ」

と泣きを入れていた。

高沢とて、同世代の人間よりは相当体力的に勝っている自信はある。

前職が刑事である彼の特技は、オリンピック選手の候補にもなったことのある射撃だが、柔道も黒帯の実力の持ち主だった。

持久力も人に劣っていると感じたことは今までない。そう、今までは——と、それまで得たことのなかった劣等感を味わわされた相手を——二時間もの間、息一つ乱すことなく己《おのれ》の身体《からだ》を貪《むさぼ》り続けている男を見上げる。

「どうした」

高沢の視線を受け止め、突き上げのスピードはそのままに、男が笑顔で問いかけてくる。『傾国の美女』――中学だか高校だかの漢文の授業でその言葉を習った記憶が高沢にはあった。

『長恨歌《ちょうごんか》』を習ったときだったたか、『国を傾けるほどの美女』という表現はなぜか高沢の記憶の片隅に残っていたのだが、今、彼を組み敷いている男はまさにその、一国を傾ける美貌《びぼう》の持ち主といっていい容貌をしていた。

ただ間違えてはならないのが、国を傾けるのはその美貌ではなく、彼の有している権力や暴力によるものだ、という点である。

超絶なる美貌の持ち主である男は、今や関東一円を治める極道のトップ、菱沼組《ひしぬまぐみ》五代目組長の櫻内玲二《さくらうちれいじ》だった。

五代目に就任してまもなく一年が経《た》とうとしている。就任直後には中国人マフィアとの対立もあり、何かと落ち着かない日々を過ごしてはいたが、最近は目立った抗争もなく、比較的彼の日常は安定していた。

もと刑事である高沢は、ある陰謀により退職を余儀なくされた。その後彼は、在職中は敵同士であったヤクザのボディガードとして雇われ、ほぼ同時に愛人の座に据えられることにもなった。

高沢は自分の性的指向をいたってノーマルだと認識していたために、暴力で組み伏せられ、身体を奪われたときには屈辱しか覚えなかった。

それが今や、櫻内の愛撫《あいぶ》を受けて快楽に身悶《みもだ》え、突き上げられて失神しそうなほどの快感を貪るようになっている。

身体ばかりか、今や櫻内に抱かれているときに高沢の胸に溢《あふ》れているのは『屈辱感』ではなく、自分でもこれと説明のつかない、温かく——というには熱すぎ、そしてどこかやるせない想いだった。

「どうした？」

いつしか、美しいその顔をじっと見つめてしまっていたらしい。再び問われ、高沢ははっと我に返ると、見惚《みと》れてしまっていた羞恥《しゅうち》から、ふいと目を逸《そ》らし横を向いてシーツに頬《ほお》を押し当てた。

「今更、何を恥ずかしがることがあるんだか」

愉快だな、と櫻内が笑い、高沢の片脚を離すと、もう片方の脚を肩に担ぎ、尚いっそう深いところに、少しの衰えも見せない硬さの雄を突き立ててきた。

櫻内の雄には逞しいという以上にある特徴がある。竿の部分に所謂『真珠』と呼ばれるシリコンが埋め込まれており、ボコボコとしたその形状は彼が閨を共にする相手にえもいわれぬ快感を与えてきた。

「あぁ……っ」

高沢もまた例外ではなく、奥深いところをその『真珠』で抉られた瞬間、彼の頭の中で閃《せん》光《こう》が走り、口からは高い声が発せられる。すっかり萎《な》えていた雄はどくん、と脈打ち急速に硬さが増していくのがわかった。

「前から言っているだろう。お前の限界は、誰より——お前本人よりも、俺が一番知っているると」

ふふ、と楽しげに笑いながら櫻内が、突き上げのスピードを一気に上げる。

「あっ……あぁ……っ……あっ……あっ……あっ……」

内臓がせり上がるほど、奥深いところをリズミカルに抉《えぐ》られ続けるうちに、高沢の肌は熱し、鼓動も早鐘のように打ち始めた。

一度は引いた汗がまたも吹き出し、熱した肌を伝ってシーツへと流れる。

喘ぐ声はすっかり嗄れているだけでなく、呼吸が間に合わずに息苦しくなってきた。

おかしくなりそうだ、といつしか激しく首を横に振っていた高沢の耳に、仕方がない、というような呆《あき》れた笑い声が遠く響いたと同時に、すっかり勃《た》ちきり、パンパンに張りつめていた雄を握られる。

「……あ……っ」

目を開いた先、櫻内がニッと笑った顔が視界に飛び込んできたその直後、雄を一気に扱《しご》き上げられた。

「あーっ」

掠《かす》れた、だが高い声を上げて高沢は達し、櫻内の手の中に、ずいぶんと薄くなっている精液を吐き出した。

「……ふ……っ」

射精を受け、高沢の後ろが激しく収縮し、櫻内の雄を締め上げる。そのため櫻内もまた達したようだが、中に感じる彼の雄はまだ、適度な硬さを保っていた。

化け物だ――いつものことながら、と呆れて見上げた先では櫻内が、

「ん？」

と涼しい笑顔を向けていた。

「……いや……」

あまりにいつものことすぎて、口に出す気にもなれない。首を横に振ると櫻内はまた、ふふ、と笑い、担いでいた高沢の脚を離すとゆっくり覆い被《かぶ》さってきた。

「……んっ……」

弾みで、ずる、と櫻内の雄が抜け、なんともいえない感触に、高沢の口から微《かす》かな声が漏れる。

「なんだ、まだしたいのか」

「……なわけがない」

冗談でもそんなことは言えない、と慌てて首を横に振った高沢を見て、櫻内が楽しげな笑い声を上げた。

「さすがにもう無理だろうと思っていたが、案外余裕だな」

「だから余裕などないって」

「わかってる。わかっているさ」

あはは、と櫻内が、腕から逃れようとした高沢を抱き寄せ、しっかりと腰を抱いてくる。

「明日はお前もローテーションに入っているからな。そうそう無理はさせないよ」

「……これが無理ではないのなら……」

何が無理なのだ、と溜《た》め息《いき》混じりにそう呟《つぶや》き、恨みがましく櫻内を睨《にら》むと、

「そういう顔がそそるのを知らないとみえる」

と返され、ぎょっとして顔を背《そむ》けた。

「まったく。最近のお前は俺を誘いっぱなしだな」

困ったものだ、と、あまり冗談らしくない口調で告げる櫻内が、高沢の髪に顔を埋《うず》め唇を押し当ててくる。

「…………?」

誘っているつもりなどないのだが。眉《まゆ》を顰《ひそ》め、首を傾《かし》げるとまた櫻内は苦笑し、強い力で

高沢の腰を抱き寄せた。

熱い雄が腿《もも》の内側にあたり、自然と身体が強張《こわば》ってしまった高沢を尚もきつく抱き締めながら、櫻内が耳元で囁《ささや》く。

「いっそ素股《すまた》でやるか」

「…………」

冗談であってくれ、とおそるおそる櫻内を見やった高沢を見返し、櫻内は今まで以上に楽しげな高い笑い声を上げたのだった。


翌朝、いつものように櫻内は高沢と二人分の朝食を寝室へと運ばせた。

給仕役は毎朝、早乙女《さおとめ》という若者が務めることが決まっている。

今朝も早乙女は、櫻内に強要され半裸の状態でテーブルについた高沢を、これでもかというほど意識しつつ、櫻内の好物である血の滴《したた》るようなステーキをサーブしていた。

「…………」

高沢も肉料理は好きなのだが、前夜に体力を消耗しきっており、匂《にお》いを嗅《か》ぐだけで、うっときてしまっていた。

一方、櫻内はそれは美味《うま》そうにステーキを咀嚼《そしゃく》し、やはり化け物だ、と高沢は心の中でいつもの悪態をついた。

「失礼します」

そのときノックの音が響き、早乙女が子分扱いしている渡辺《わたなべ》という若者がそっとドアを開いた。

「てめえ、組長は食事中だぞ」

早乙女が凶悪な顔で渡辺を睨み、シッシッというように手を振る。

「あの、兄貴……」

困り切った顔になった渡辺が早乙女に呼びかける。

「どうした」

口元をナプキンで拭《ぬぐ》いながら櫻内が途方に暮れた様子の渡辺に声をかける。

「おい」

組長直々《じきじき》に問われるとは、と早乙女は気色《けしき》ばんだが、それを櫻内が制した。

「今、知らせにくるということは余程のことだろう。それを聞かせろ」

「は、はい」

高沢の知る限り、渡辺は直接、櫻内から声をかけられたことはなかった。相当緊張した様子で室内に足を踏み入れた渡辺は、ほとんど服を着ていない高沢を見て、ぎょっとした顔に

なったが、櫻内に、

「それで？」

と問われ、はっとしたように姿勢を正した。

「あ、あの、今、組事務所から連絡がありまして、風間《かざま》の兄貴の出所が明日に決まったそうです」

「なんだって？」

櫻内より前に早乙女が高い声を上げたあとに、はっとした様子で頭を下げる。

「も、申し訳ありませんっ」

「かまわない。報告を続けろ」

最初の言葉は早乙女に、次の言葉は渡辺にかけつつ、櫻内が立ち上がる。

「出所は明日の十時と、急遽《きゅうきょ》決まったとのことでした。誰を迎えにいかせるか、組長の指示を仰ぎたいと……我も我もと手を挙げる人間ばかりとのことで……」

「それはそうだろう」

ふふ、と笑いながら櫻内が着用していたガウンを脱ぎ捨て、クローゼットへと向かう。高沢を始め、早乙女も渡辺もその全裸の白い背中を眩《まぶ》しく思いつつ見つめていたのだが、三人の視線を感じたのか櫻内は足を止め肩越しに皆を振り返った。

「即刻、組事務所に向かう。車の準備を」

「は、はい」

「わ、わかりやした」

ぼうっと見惚れていた渡辺と早乙女が、二人してしゃちほこばって返事をし、慌《あわ》ただしく部屋を出ていった。

残された高沢は、いつものように流れるような美しい仕草で服を身につけていく櫻内の姿を見つめていた。

いつも以上に表情が明るい。一目でわかるほどの上機嫌ぶりはおそらく、今の渡辺の報告のためだろう。

『風間の兄貴』というのはいったい誰なのか。早乙女もまた弾んだ声を上げていたが、と、一人思考の世界に浸っていた高沢は、櫻内から声をかけられはっと我に返った。

「お前も支度をしたらどうだ」

「……あ……はい」

持ったままになっていたフォークを下ろし、席を立つ。

高沢用の部屋は、松濤《しょうとう》にあるこの櫻内の邸宅内に設けられてはいたが、毎夜櫻内の寝室で夜を過ごすために、高沢用のクローゼットもまた室内に設置されていた。

いつもであれば高沢の着替えの最中、あれこれちょっかいをかけてくることも多い櫻内は、今日は気が急《せ》いているのか、

「先に行く」

と言葉を残し、一人部屋を出ていった。

「…………」

足取りの軽い後ろ姿は、上機嫌を通り越し、浮かれているようにすら見える。

珍しいこともあるものだ、と感心しつつ高沢もまた手早く着替えをすませ、銃を取りに自室へと向かったのだった。


組事務所に近い路地裏で、高沢はボディガード仲間の峰利史《みねさとし》と久々に顔を合わせた。

「よ、姐《あね》さん」

銃を所持しているボディガードは組の『外注』扱いであり、滅多なことで顔を合わせることはない。

峰は二ヶ月ほど前に櫻内のボディガードとなったのだが、実は高沢とは顔見知りだった。というのも峰もまた、もと刑事だったのである。

所属は立川《たちかわ》署で、二、三回合同捜査で一緒になったことがあった。その程度なら『顔見知り』で終わっただろうが、警察の道場でよく顔を合わせていたため、それなりに相手に対する情報は持っていた。

櫻内が義理ごとで九州に向かう際、高沢を含む、四名のボディガードで護《まも》ることになったのだが、その中に峰がいた。

「噂《うわさ》は本当だったんだな」

櫻内たちは飛行機で向かうが、銃を持っているボディガードらは皆、新幹線での移動となった。

駅のホームで高沢は突然現れた峰にいきなり声をかけられ、唖然《あぜん》として言葉を失ったのだった。

「俺も警察辞めたんだよ。よろしく、先輩」

人付き合いを苦手とする高沢とは正反対の性格を峰はしていた。

人好きもするし、本人も人が好きで、誰彼かまわず積極的に声をかける。

警察官時代、道場でも一人でいることの多かった高沢に、峰は初対面とは思えないほど親しげに声をかけてきて、当時の高沢もまた唖然としたものだった。

それにしても、と驚く高沢の、隣の席のチケットを買っていた客に、峰はわざわざ自分のチケットとの交換を持ちかけ、九州までの長い時間を共に過ごそうとした。

本来、ボディガード同士の交流は持たないというのが暗黙のルールだ、と高沢が言っても、

「別に聞いてないし」

と峰は取り合わず、やれ弁当を食べようだの、ビールを飲もうだのと、やたらと高沢に話しかけてきて彼を辟易《へきえき》させた。

周囲の乗客は皆、新大阪で降り、誰の目も気にならなくなってから高沢は峰に、

「どうして警察を辞めたんだ？」

と問うてみた。

「一応、辞職扱いにはなってますけど、要はクビですよ」

肩を竦《すく》めた峰が、ざっと状況を説明する。

「逮捕しちゃならない相手を逮捕したから。警察官としてのモラルがなっちゃないのが上司にいてね。ヤクザとズブズブの関係だった。で、俺はそのヤクザとあることないことでっちあげられて、懲戒解雇になりたくなきゃ辞表を書けって追いつめられた。結果、あっけなく警察人生に終わりを告げざるを得なくなったって、それだけのこと」

「ボディガードは？」

「高沢さんと同じ、スカウトですよ。俺があんたのかわりにオリンピックに送られそうになったの、覚えてます？」

「…………」

にや、と笑い峰が告げた言葉に、高沢は心当たりがなかった。結局警察関係者とは違うところから選手が出たはずだが、と首を傾げると、

「冗談」

峰は笑って首を竦めた。

「オリンピックは嘘だけど、射撃の成績は常にナンバーツーだった。ナンバーワンは高沢さんだったけど」

やっぱり二番の名前なんて覚えてないよな、と自嘲《じちょう》され、ようやく高沢はそれが事実であることを思い出した。

「悪かった。成績には興味がなかったもので」

「トップはそりゃ、興味ないだろうな。二番はそうはいかない。常に悔しい思いをしていたよ」

そう言ったそばから峰は、

「冗談だけど」

と笑い飛ばすと、警察を辞めてすぐに菱沼組からスカウトされたと高沢に告げた。

「奥多摩《おくたま》の練習場にも行きましたよ。三室《みむろ》教官がいて驚いた」

拳銃好きの行き着くところは皆、一緒なんですねえ、と峰はそのときばかりはしみじみしてみせたが、高沢が相槌《あいづち》を打つより前に、

「それより高沢さん、組長のオンナなんだって?」

と好奇心丸出しして詰め寄ってきて、またも高沢を辟易させたのだった。

それ以来、ローテーションがたまに一緒になると峰のほうから高沢に声をかけてくるようになった。

『姐さん』と呼ばれるのには閉口したが、櫻内との関係を揶揄《やゆ》するのはその呼び名くらいで話題に出すことはない。

何より、昔からの知り合い――といっても、互いに踏み込んだ付き合いをするまでには至っていなかったが――との交流を拒絶したい気持ちは高沢にもなく、話しかけられれば普通に会話し、親しいというには抵抗があるものの、挨拶《あいさつ》程度というには首を傾げるつながりを峰との間に築きつつあった。

「姐さんはよせ」

「カッコいいじゃん。極妻《ごくつま》みたいで」

ははは、と峰が笑う。交流を持つようになり二月《ふたつき》あまりになるがその間に峰の口調から敬語が消えていた。

「噂によると風間とかいう昔の幹部が明日、出所だそうだな」

「へえ」

自分より余程情報が早い。感心する高沢を見て峰が呆れた顔になる。

「誰よりトップに近いところにいるのに、なんで知らないかな」

「風間というのは昔の幹部なのか」

それすら知らなかった、と問うと、ますます呆れた顔になりつつも峰は彼の得た知識をあますところなく教えてくれた。

「四代目の命をしつこくつけねらってた吉川組《よしかわぐみ》を、組長を殺すことでぶっ潰《つぶ》したんだってさ。一人殺して懲役七年だったか。模範囚ゆえ結局五年で出てきたんだと」

「吉川組か……記憶にあるような……」

ないような、と首を傾げた高沢に、

「若いイケメンだってさ」

と峰はウインクすると、すっと顔を近づけ、高沢の耳元に囁いた。

「前組長のお稚児《ちご》さんだったたって噂だ。まあ、信憑《しんぴょう》性があるのかないのかわからんが」

「……そうか」

他に相槌の打ちようがなく頷《うなず》くと、何を思ったのか峰は、

「別にあんたへの当てこすりじゃないぜ」

と慌てた様子で言い訳を始めた。

「実際、そう聞いた。水も滴る美青年だったからこそ出た噂じゃないかとは思う。現組長ほどのインパクトはないかもしれんが、相当の美形だというのは間違いないそうだ。顔だけじゃないが、組内に相当数のファンがいたって話だった」

「別に当てこすりとは思ってないよ」

そんな慌てなくても、と思わず笑った高沢の顔を峰が凝視する。

「おい？」

「ああ、悪い」

何か顔についているのかと問いかけた高沢に、峰ははっと我に返った様子になると、ますます慌てたように首を横に振った。

「俺もまあ、イケメンと評判にはなっちゃいるがね」

とってつけたようにそう言い、笑いに持っていこうとする。『笑い』にするには峰の容貌は整いすぎていると思うが、と、今度は高沢が彼の顔を凝視した。

男臭い二枚目である。ワイルド系とでもいうのだろうか。警察を辞めた後にますます野獣めいてきたような気がする、と尚も見つめていると、

「さて、油売ってないで警護につくか」

と逃げられてしまった。

「またな」

「ああ。そのうちな」

高沢の笑顔をやたらと眩しげに見つめたあと、峰が立ち去っていく。

高沢は彼の背を見送ると、そろそろ櫻内組長が組事務所を出る時間だと気づき、意識を雑談モードから仕事モードに切り替えた。

切り替えつつも、時折ちらちらと、今、峰から聞いたばかりの話が脳裏に蘇《よみがえ》ってくる。

『若いイケメンだってさ』

別に美形だからという理由で、櫻内が出所を喜んだわけではあるまいし、と自嘲しながらも高沢は、自分が風間という、明日出所するもと幹部の容姿を気にしていることを自覚せざるを得なかった。

その日、櫻内は六時過ぎには自宅に戻ることとなり、ボディガードの仕事もそこで終了となった。

高沢もまた松濤の家に戻ったのだが、着替えようとするより前に渡辺が部屋に飛び込んできて、櫻内が呼んでいると伝えてきた。

「わかりました」

渡辺だけでなく、櫻内邸に住み込んでいる若い衆に対し、高沢は敬語で通していた。皆、櫻内を恐れ、表立っては批判しないものの、関東一の規模を誇る組織の組長の、唯一無二の愛人がさえない男で、かつもと刑事ということにほとんどの組員が不満を抱《いだ》いているのを高沢は肌で感じていた。

快く思っていない相手の態度は、五割増しで悪く見えるものである。ちょっとしたことで『尊大』ととられかねない、と高沢は珍しくも気を遣っていたのだった。

渡辺が居心地の悪そうな顔になりつつも、

「お願いします」

と頭を下げ部屋を出ていく。

極道よりもアイドルにでもなったほうがいいのではという甘いマスクをしている渡辺の姿が消えたあと高沢は、櫻内の用件とはいったいなんだろうと考えつつ、銃をしまい、すぐに部屋を出て櫻内のもとへと向かった。

「来たか」

ドアをノックし中に入ると、相変わらず上機嫌の櫻内が高沢を笑顔で迎えた。

「お呼びだそうで」

ちょうど夕食のセッティングをしていた組員たちが傍《そば》にいたため、高沢は敢《あ》えて敬語で櫻内に問いかける。

「呼んだとも」

櫻内はそう笑うと、「来い」と高沢を手招いた。

「……はい……」

テーブルを整えていた組員たちの緊張が一気に増したのがわかる。櫻内は人目をあまり——否、まったく気にしない性格ゆえ、室内に人がいようがいまいが、高沢に性的ないやがらせをしかけてくることがままあった。

それを見ざるを得ない組員たちは、そうした空気が流れると常に緊張感を露《あら》わにするのだが、今回ばかりは彼らの緊張も無駄になった。

「呼んだのは他でもない。明日、お前はローテーションから外れていたな」

「あ、はい」

期待していたわけではないものの、高沢もまた淫靡《いんび》な空気を感じ取っていたので、唐突に始まったビジネスの話に戸惑いを覚えた。が、すぐに我に返り頷く。

「お前に明日、ボディガードを頼みたい」

「はい」

櫻内がニッと笑い告げた依頼に、ローテーションを崩してまでなぜ、という思いはあれど高沢は了承の意を伝えた。が、続く櫻内の言葉を聞いた瞬間、そういうことか、と驚いたあまり絶句してしまったのだった。

「警護の対象は俺じゃない。明日出所する風間黎一《れいいち》だ」

「……っ」

思いもかけないことを告げられ、絶句した高沢から、ますます言葉を失わせるようなことを櫻内は口にする。

「ボディガードの中で一番腕が立つのはお前だ。だからこそ、任せたい。いいな?」

「…………はい…………」

一番腕が立つという評価を下された自分だからこそ選ばれた——ありがたい評価ではあれ

ど、その高評価が本物であればあったで、ある種の感慨が呼び起こされた。

その感慨とはすなわち、櫻内にとっては風間という男がそれだけ大切な相手だと思い知らされたというものである。

風間については昼間に峰から仕入れた知識くらいしかないが、その中で高沢の印象に残っていたのは、風間が絶世の美男であること、そして前組長の『お稚児さん』だったということだった。

噂は単なる噂であり、事実と異なる場合《ケース》は多い。だが、『絶世の美男』というのは本当だろう。

多少の誇張はあるかもしれないが、相当顔立ちが整っていなければそのような噂にはなるまい。

美男子だから櫻内が大切に思う——などという馬鹿げた思考は勿論《もちろん》、高沢の中にはなかった。ただ、それだけ櫻内が気遣う相手の容姿が抜群に整っているということはやはり、気にせずにはいられなかった。

「わかりました」

「それでは食事にしよう」

高沢が頷くと櫻内は満足そうに微笑《ほほえ》み、支度の整ったテーブルに高沢を誘った。

「ああ、そうだ」

部屋を出かけた男たちに櫻内が声をかける。

「はいっ」

急いで歩み寄ってきた若者に櫻内は、笑顔で用件を伝えた。

「明日はシャンパンの用意を頼む。銘柄はそうだな……ドンペリのゴールドにでもするか。あいつは案外俗物だから喜ぶだろう」

「わかりました」

若者が直立不動で返事をし、深く礼をしてその場を下がる。

『あいつ』というのが誰なのか、問わずともわかる、と高沢はつい、櫻内の顔を見やったあと、愕然《がくぜん》として思わず二度見してしまった。櫻内がそれは楽しげに微笑んでいたからである。

「どうした？」

視線に気づいたらしく櫻内が高沢に声をかけてくる。

「なんでもありません」

まだ若者たちが部屋を出ていなかったため、敬語で答えた高沢の鼓動は、いやな感じで高鳴っていた。

「そうか」

普段なら、あれこれと詮索《せんさく》をしてくるはずなのに、他に気になることでもあるのか櫻内は淡泊に流すと、

「さあ」

と再び高沢をテーブルへと促す。

なんとなくいやな予感がする――危機感を伴わないそんな『いやな予感』は高沢にとっては彼の二十九年の人生の中でも未体験のもので、いったいどうしたことだか、と櫻内に気取《けど》られぬよう密《ひそ》かに首を傾げたのだった。

2

翌日、高沢は櫻内の運転手、神部《かんべ》の運転する車で、早乙女と共に郊外の刑務所へと向かった。峰は後続の車に守山《もりやま》と佐藤《さとう》という二名の幹部と共に乗っている。

「幹部を迎えにいかせ、真《ま》っ直《す》ぐ自宅に連れていく……最上級のもてなしだよなあ」

その『最上級のもてなし』に自分もかかわれるのが嬉《うれ》しいと、早乙女は車に乗る前からはしゃいでいた。

はしゃぎすぎて櫻内に睨まれるほどだったのだが、その目がない今、彼のはしゃぎっぷりには拍車がかかり、先ほどからうるさくて仕方がない、と高沢は溜め息を漏らし、車窓から外の風景を見た。

コンクリートの塀の景色が続いている。まもなく着くかと神部を見ると、視線に気づいたのか、はたまたやはり早乙女のはしゃぎっぷりには閉口していたのか、彼が声を発した。

「もう到着です。時間よりかなり早く着きましたのでしばらく待たねばならないかと……」

ここまでしゃべったところで神部が、

「あ」

と声を上げた。

「あれじゃねえか？」

助手席の早乙女もまた驚いた声を上げていたが、高沢はそう驚いてはいなかった。釈放時間などあってないようなものと、過去の経験から知っていたためである。

「へえ、噂通りのイケメンだな」

ヒューと口笛を吹く早乙女を神部が「いい加減にしろ」と睨む。浮かれすぎだと注意を促したのだが、早乙女は、

「いいじゃねえか」

と神部の注意をあっさり流した。

「噂だけで、顔、見たことねえんだからよ」

「そうなのか？」

問うてから高沢は、五年前ならまだ早乙女は十五、六かと気づいた。『不良』ではあったが組の構成員にはなってなかったのだろう、と察して黙る。

「すれ違いってとこかな」

早乙女の気持ちはすっかり刑務所の門のところに職員と共に佇《たたず》んでいる細身の長身に持っていかれているらしく、おざなりな返事をしただけで高沢を振り返りもしなかった。

そういや早乙女は面食いだった、と苦笑する高沢の胸に、チリリ、と微かな痛みが走る。

「？」

どうしたことか、と、わけのわからない胸の痛みに高沢が首を傾げている間に、車は刑務所のゲート前に到着した。

早乙女が飛び降り、直立不動となる。後続の車も停まると、運転手が開いたドアから幹部二人が降り立った。

最後に車を降りた峰が、よお、というように高沢に目配せする。周囲に人の気配はなく、今のところボディガードは用なしのようだ、と高沢は彼に頷いてみせた。

幹部二人を先頭に、そのあとを早乙女と峰、それに高沢が続く。

「やあ」

幹部とは顔馴染みらしく、男が右手を挙げ笑顔を向ける。

「………」

横で峰が口笛を吹きかけ我慢するのがわかる。それほどに近くで見る風間はなんというか——非常に魅惑的な男だった。

白いシャツにスラックス、という格好の上、刑務所内での規則で髪は短く切りそろえられていたが、それでも風間の美貌は際立っていた。

抜けるような白い肌。色素が全体的に薄いらしく髪も目も茶色がかっている。

ハーフかクォーターかと思わせる容姿は確かに綺麗《きれい》ではあるのだが、女性的な印象はまる

でない。

ヤクザだとわかっている上に今まで服役中だったということも明らかではあるが、すさんだ雰囲気もまるでなかった。

高貴——ヤクザ者とは真反対にあるその表現がぴったりくる。欧州の王族といわれても納得するような品のある顔、そしてたたずまいだった。

身長は百八十センチはあるのではないかと思う。細身ではあるが、均整のとれたいい身体つきをしている。

身のこなしも軽やかだ、と高沢はこれでもかというほどの低姿勢を貫く幹部たちと会話を交わす風間をつい凝視していたのだが、その風間に視線を向けられ、はっとして頭を下げた。

「あれらはボディガードです。櫻内組長宅まで風間の兄貴をお護りする役を仰せつかった二名です」

佐藤がしゃちほこばった態度で高沢と峰を風間に引き合わせる。

峰も高沢も無言で頭を下げたそのとき、風間の笑いを含んだ声が響いた。

「ボディガードというと……もしかして右の彼が組長の愛人？」

「……っ」

風間から見て向かって右にいた高沢は、はっとして顔を上げたあと、しまった、と再び顔を伏せた。

その瞬間を狙っていたらしい風間と目が合った上で、にっこりと微笑まれたからである。

「ええと、その……」

佐藤と守山が困り切った顔を互いに見合わせている。

「あはは、誰も否定しないということは、正解、なんだろうね」

風間が明るく笑ったあと、真っ直ぐに高沢へと歩み寄り、すっと右手を差し伸べてきた。

「…………」

どういうつもりだ、と再び顔を上げた高沢に、風間がにっこりと、それは華麗な笑みを向けてくる。

「君の噂は刑務所内にも轟いていたよ。こうも早くに会えて嬉しい。よろしく、高沢裕之君」

「……っ」

先ほど佐藤は高沢の名を告げなかった。名前も——しかもフルネームまでもが、まさか刑務所内に轟いているのか、と高沢が唖然としているうちに風間は高沢の右手を取り、強引に握手をしてきた。

「…………」

繊細な、長い指。あまりの冷たさにぎょっとし、反射的に手を引きかけた高沢のその手を、風間がぎゅっと握り締める。

「風間だ。風間黎一。君を迎えに寄越すとは、櫻内組長は相変わらず僕の心を読みきってい美貌に圧倒される。そんな体験は今まで櫻内を前にしたときにしか、したことがなかった。美の種類は違いこそすれ、彼もまた櫻内同様、美女が裸足《はだし》で逃げ出す美貌の持ち主だ、と思いながら高沢は改めて深く頭を下げた。

「君も愛人……ではないよね」

高沢の手を離した風間は、隣にいた峰にも右手を差し出した。

「残念ながら」

峰が苦笑し、風間の手を握る。

「警察官？」

「はい」

「まさか高沢君を追いかけて？」

「はは、まさか」

峰は吹き出したあとすぐ、

「失礼しました」

と頭を下げた。

「峰です。峰利史と申します」

「よ……よろしくお願いします」

るとみえるな」

ふふ、と微笑み、峰の手をぎゅっと握ると風間は、駆け寄ってきた佐藤に、

「峰君。よろしくね」

「どっちに乗ればいいの？」

と二台の車を目で示した。

「こちらへどうぞ。高沢が警護いたします」

「それは光栄だ。ゆっくり話をしよう」

にこにこ微笑みながら風間が高沢にすっと手を差し伸べてくる。

「あの……」

どうすればいいのだ、と風間の手と、ぎょっとした顔になった幹部たちの顔を高沢はかわるがわるに見てしまった。

「と、とにかく車に……」

佐藤がうろたえた声を出し、ひきつった笑顔で風間を促す。

「ど、どうぞ。兄貴」

「ああ」

結局手を取ることができなかった高沢に向かい、風間はぱち、とウインクすると、早乙女が開いていたドアから後部シートに乗り込んだ。

「お前も急げ」

佐藤に怒られ、高沢も慌てて車に乗り込む。

「やあ」

おどけた様子で声をかけてきた風間に会釈を返したものの、これから櫻内の家まで何を話せばいいのか、と高沢は内心頭を抱えてしまった。

早乙女も乗り込むとすぐ、神部は車を発進させた。

「櫻内組長は元気?」

歌うような口調で風間が高沢に話しかけてくる。

「はい、お元気です」

「最近は落ち着いているのかな。趙《チョウ》はおとなしくしてるんでしょ」

「…………はい…………」

刑務所にいても、組の情勢はきっちり把握しているのだなと感心しつつ高沢が頷くと、

「刑務所は高沢君が思っている以上に、風通しがいいってことだよ」

風間は高沢の心を正確に読んだようなことを言い、

「それより」

と話題を変えた。

「いくら風通しのいい刑務所内でも君の人となりまでは詳しく聞こえてこなかった。君と櫻内組長との馴《な》れ初《そ》めも。是非《ぜひ》聞かせてもらいたいな」

「…………はあ……」

なんと答えていいのやら、と口ごもる高沢に風間から問いが発せられる。

「もと刑事だってね」

「はい」

「射撃の名手とか」

「得意にはしていますが」

「いくつ？」

「二十九になりました」

「櫻内のどこが好き？」

「え」

唐突に振られた問いに、高沢が思わず絶句する。と、助手席で聞き耳を立てていたらしい早乙女がここでげほげほとむせかえり、車中の注意をさらった。

「どうしたの」

風間が助手席のシートを摑《つか》み、身を乗り出して早乙女の顔を覗《のぞ》き込もうとする。

「し、失礼しやした」

「聞き耳立ててたの？」

悪趣味だなあ、と笑いながら風間が早乙女の肩を叩《たた》き、再び背もたれに背を預けると高沢に先ほどと同じ問いを重ねてきた。

「で？　組長との馴れ初めは？」

「馴れ初め……といいますか……」

「どうせ櫻内が目をつけて、強引に……ってところだろう？　本人の口からは言いにくいよね」

　悪かった、と笑うとまた、風間が問いを変える。

「今、若頭不在、若頭補佐も不在なんだってね」

「……あ……」

　実際、そうだと聞いてはいたが、それは早乙女からの伝聞だった。ボディガードは外注扱いゆえ、本来なら組の様子など知り得るものではなかった。

　なので答えを躊躇《ためら》った高沢のかわりに、早乙女がおずおずと口を開く。

「あの、そのとおりです。今日、お迎えにあがった守山の兄貴と佐藤の兄貴、それに椿《つばき》の兄貴が幹部職についています」

「君は早乙女君だったっけ」

「はいっ」

　風間に問いかけられ、早乙女が助手席で居住まいを正す。

「聞いたことがある。組長に心酔している若手だと」

「こ、光栄ですっ」

早乙女が感極まった声を出した気持ちもわからないでもなかった。刑務所内にも自分の名が轟いているのだと喜ばしく思ったのだろう。

「君も組長宅に住み込んでいるの？」

「はいっ」

「組に入って何年？」

質問する相手が自分から早乙女へとそれたことに、やれやれ、と高沢は抑えた溜め息を漏らした。

少し苦手なタイプかもしれない。その思いがふと高沢の胸に宿る。

人に対して――というより、銃以外の何事に対しても興味の薄い高沢は、薄いだけに苦手意識を持つことがほとんどなかった。

その自分が苦手と感じる理由は、と、一人首を傾げた高沢は、何一つ思いつかないことに愕然とした。

人当たりのよさは自分とは真逆のタイプだと思いこそすれ、たとえば峰も早乙女も人懐っこいタイプではあるが苦手とは思っていない。

あれこれ詮索するから――といっても、言いよどむとすぐに話題を変えてくれた。

そうした気遣いを苦手と思った――？

別に同じようなタイプの人間を苦手と思ったことはない。

いったい自分はどんな先入観を、風間に対して持っているというのだ、と高沢は早乙女と談笑する風間を横目に、またも誰にも気づかれぬよう配慮しつつも抑えた溜め息を漏らしたのだった。


櫻内邸に到着すると、風間は幹部二人に連れられ応接室へと向かっていった。

「それじゃな」

峰はいったん帰りかけたものの、気が変わったらしく、

「お前の部屋、見せてくれよ」

踵《きびす》を返し、高沢に歩み寄ってきた。

「部屋?」

別にかまわないが、と高沢は峰と共に屋敷内へと向かおうとしたのだが、そのときドアが開き早乙女が飛び出してきたものだから、驚いて足を止め彼を見やった。

「何やってんだよ。組長がお呼びだって」

「え?」

早乙女は風間のあとに続き、応接室へと向かったはずだった。部屋に入ったと同時に『呼んで来い』とでも言われたらしいタイミングに、高沢は驚きつつも峰を見やった。

「呼ばれてるのはお前だけだろう」

またの機会にするわ、と峰が苦笑し、片手を挙げ去っていく。

「悪い」

またな、とその背に声をかけた高沢に早乙女が、不機嫌丸出しで話しかけてきた。

「あいつ、馴れ馴れしいよな」

「もと同僚だからな」

知らない仲でもないし、と答えた高沢を早乙女がじろりと睨む。

「馴れ馴れしいんだよ。あんた、組長の愛人だぜ?」

「……その組長が呼んでいるんじゃなかったか?」

早乙女の言葉は悋気《りんき》からでたものとわかるだけに、高沢は話題を変えると、先に立って歩き始めた。

「なあ、風間の兄貴、どう思った?」

ころりと機嫌を直した早乙女が、弾んだ声を上げながら高沢に続く。

「どう……?」

どのような答えを期待しているのか、と問うと早乙女は、

「かっこいいよなあ」

いかにもうっとりした様子で宙を見つめた。

「カリスマ性があるっつーのかな。しかも超美人だ。刑務所で狙われたりしなかったんだろうか。腕っ節はすごいっつーけど、複数でかかられたら抵抗できないだろうし」

「何を想像してるんだか」

聞くまでもなくわかるが、と頬を紅《あか》く染めている早乙女を睨む。

「べ、別に何も……っ」

早乙女が照れたあたりで二人は応接室に到着した。

「失礼しやす」

早乙女が声をかけ、高沢を中へと通す。どうやら早乙女自身は入室を許されていないようで、少々恨みがましい目で高沢を見送った。

「失礼します」

高沢が足を踏み入れると、室内にいた櫻内と風間、それに幹部二人がいっせいに高沢を振り返った。

「ご寵愛《ちょうあい》深い愛人ってわけだ」

風間が明るく言い放つと、櫻内は無言で微笑み高沢にすっと手を差し伸べる。

「来い」

「……はい」

幹部二人は苦虫を噛《か》み潰したような顔で俯《うつむ》いている。過去に幹部の一人が櫻内の高沢への『寵愛』に不満を抱くあまり、香港マフィアに寝返ったという事実があるだけに、高沢は組の人間のこうした様子に敏感になっていた。

また問題が起こらねばよいが、と案じつつも、組長に楯突《たて》くことのほうが幹部連中の不興を買うだろうという判断のもと、高沢は櫻内に促されるがまま、彼の隣に腰を下ろし、誰にともなく深く頭を下げた。

「揃《そろ》ったな」

緊張感漂う場の雰囲気などには興味がないとばかりに櫻内が口を開く。

「正式な通達は改めて行うが、守山と佐藤には事前に知らせておこうと思ってな」

言いながら櫻内が二人を見やる。

「は」

「いかようにも」

二人の幹部がソファに座りながらにして、這《は》い蹲《つくば》るがごとく頭を低く下げる中、彼らの隣では風間がにこにこと屈託のない笑みを浮かべていた。

「風間を若頭補佐にするつもりでいる」

「兄貴の功績を思うと妥当かと」

「前組長もお喜びになるでしょう」

即答、だった。予測していたのだなと高沢は察しつつ、話題の主である風間へと視線をつい向けてしまった。

「ありがたく拝命いたします」

風間は相変わらずにこにこと穏やかな笑いを浮かべたまま、櫻内に対し軽く頭を下げた。

「明日、組事務所で改めて告知する。準備を頼む」

「わかりました」

「お任せください」

二人の幹部はほぼ同時にそう告げると、二人してさっと席を立った。

「失礼いたします」

「明日の準備をいたしますので」

またもほぼ同時にそう告げたあと、膝《ひざ》に頭がつきそうなほど深いお辞儀をし、守山と佐藤は部屋を出ていった。

「乾杯くらいまでは、いさせてあげてもよかったんじゃないの？」

二人が出ていった直後、風間が苦笑しつつ櫻内に話しかける。

くだけた口調に違和感を覚えたあまり、高沢は思わず風間を見てしまった。

「ふふ、馴れ馴れしい？」

風間が笑いながら高沢を見やってから、視線を櫻内へと移す。

「これでも昔は、黎一、玲二と呼び合った仲なんだよ」

「………」

それほど付き合いが長いのか、と驚いた高沢は、隣から響いてきた櫻内の言葉に、更に驚くことになった。

「『昔は』じゃないだろう」

「あはは、いいの？　玲二って呼んでも」

「勿論だ」

いかにも親しげな二人の会話に、ただただ唖然としていた高沢だったが、不意に櫻内に肩を抱かれ、はっと我に返った。

「紹介する。俺のオンナだ」

「知っている。高沢君だろう？　刑務所内でも有名だったからな。お前がもと警察官を『オンナ』にしたって」

「骨抜きにされてメロメロだ……ちゃんとそう、伝わっていたか？」

「ば……っ」

馬鹿を言うな、と櫻内の言葉を遮りかけ、はっと我に返って高沢は口を閉ざした。

「ああ、そのとおり。岡村組《おかむらぐみ》の若頭、八木沼《やぎぬま》をも骨抜きにした床上手のボディガード……そう聞いていたので、会うのを楽しみにしていたのさ」

今度は風間がそんな、揶揄としかとれない口調で話を続ける。

「で？」

櫻内が身を乗り出し、風間の顔を覗き込んだ。

「ん？」

「どうだ。実際会った感想は」

言いながら櫻内が高沢の肩に回した手をすっと下ろし、腰を抱き寄せようとする。

「よせ……っ」

いつものように拒絶してしまったあと、組長に対する態度ではないかと気づき、高沢は慌てて謝罪した。

「申し訳ありません」

「かまわない。無礼講だ」

あはは、と櫻内は高く笑うと、

「早乙女！」

と室外にいる彼に声をかけた。

「はいっ」

すぐさまノックと共にドアが開き、早乙女が顔を出す。

「シャンパンの用意を。ああ、腹は？」

「もう、ぺこぺこだ」

櫻内の問いに風間が大仰な素振りで腹を押さえる。

「何がいい？」

「肉かな」

「とのことだ」

一連のやりとりを、呆然《ぼうぜん》とした顔で聞いていた早乙女は、最後に櫻内にそう振られ、はっとした顔になった。

「か、かしこまりましたっ」

「まずはシャンパンだ」

ドアを閉めようとする早乙女に櫻内が念を押す。

「はいっ」

早乙女が叫び、ドアが閉まる。直後にドアが再び開き、シャンパンやシャンパンクーラー、それにグラスとチーズやフルーツを載せたワゴンを早乙女が渡辺と共にしずしずと転がしてきた。

「開けてよろしいでしょうか」

恭《うやうや》しげにシャンパンのボトルを櫻内に差し出し、早乙女が問う。

「ああ」

頷くと早乙女は慣れた手つきでシャンパンの栓を抜き、グラスへと注《つ》ぎ出した。

グラスは三つ。自分の分もあるのか、と高沢は少々戸惑いを覚えながら、黄金色の液体が注がれるのを眺めていた。

「どうぞ」

それぞれにグラスをサーブし、テーブルにチーズなどを配置したあと、早乙女と渡辺は部屋を出た。

「食事はすぐに来る。乾杯といこうじゃないか」

櫻内がグラスを手に取り、それに風間が続く。

「お前も」

櫻内に促され、いいのか、と思いつつも高沢もまたグラスを手に取った。

「ドンペリゴールドか。久々だなあ」

グラスを手にしながらしみじみと風間が呟く。

「出所を祝ってもらえて嬉しいよ、玲二」

「……っ」

さらりと呼びかける風間を前に、高沢の鼓動がどきりと高鳴る。

「おかえり、黎一」

それを受け、櫻内が笑顔でそう言うと、手を伸ばし風間のグラスに己のグラスを軽くぶつけた。

チン、と上質のグラス同士をぶつけ合った綺麗な音が室内に響く。

「…………」

黎一――確かにそう、呼び合っていた、と先ほど二人して言ってはいた。が、実際に櫻内が口にするのを聞いた衝撃は、自身の想像を超えていた。

息が詰まるような錯覚に陥り、言葉を失っていた高沢に、櫻内が笑顔を向ける。

「どうした、高沢。飲まないのか」

「いえ……いただきます」

はっとしグラスを手に取った高沢の耳に、揶揄する気満々の風間の声が響いた。

「他人行儀じゃないか。いいんだよ、いつものようにラブラブしてみせて」

「いつもこんなものだ。こいつは淡泊だからな」

「へえ。床上手なのに？」

「上の口は寡黙でいいのさ」

乾杯からしておいていかれた感があったが、今や会話はすっかり櫻内と風間の間でのみ交わされていた。

「お下品ですこと」

「お前の前で俺が上品だったことがあったか？」

「ない……な」

「だろう？」

内容はあってないようなものだが、親しみがこもっているのはよくわかる。そんな二人を前に高沢は自分がこの場にいる理由や意味を考え、どちらにも『特にない』という答えしか見出せないことに思わず溜め息を漏らしそうになった。

「しかし五年ぶりか」

「あっという間だった……というのは、まあ、やせ我慢だな」

風間が苦笑し肩を竦める。

「でもまあ、こうして出られたからには、組の……お前の役に立てるよう、精一杯頑張るつもりだ」

ここで風間は居住まいを正すと、かっちり、という表現がぴったりのお辞儀を櫻内に対してしてみせた。

「よろしく頼む。組長」

「一日千秋の思いで待っていたぞ。ひとかけらの誇張もなく……な」

櫻内が手を伸ばし、シャンパンクーラーからボトルを取り出そうとする。

「あ、私が」

これこそ自分がここにいる理由と意味か、と今更察した高沢は慌てて手を伸ばしたが、

「何を今更」

と苦笑されて終わってしまった。

「自分でやるよ」

横からすっと風間が手を出し、櫻内の手からボトルを取り上げる。

ごく自然な仕草にもつい目がいったが、それより高沢の心に刺さったのは、櫻内の笑顔だった。

「今日くらいは俺にやらせろ」

「大丈夫。明日からもお前にやらせてやる」

櫻内はどんな些末《さまつ》なことでも、意に染まない状況になると、途端に機嫌が悪くなる。それは愛人である高沢に対しても同じだった。

今、櫻内は自分でシャンパンを注ごうとした。それを遮られ、むっとするかと思いきや笑顔で許している。

やはりこの風間という男、櫻内にとっては『特別』な存在であるのだろう。そう思う高沢の胸にまた、チリチリという微かな痛みが走った。

こんなことで『特別』と判断せずとも、名前を呼び合っている時点でわかりそうなものじゃないか、と、痛みを無視し自嘲しようとするも、無視できないほどに痛みは胸の中全体へ

と広がっていく。

いったいどうしたことか。いつしかシャツの胸のあたりを摑んでしまいながら高沢は、そんな自分の様子にはまるで気づかず、風間と談笑する櫻内の声が隣から響いてくるのを、今日はやたらと距離感を覚えると思いながら聞いていた。

3

翌日、高沢はボディガードのローテーションから外された。前日に風間の護衛についたための振替休日で、次の勤務は明後日となる。

不意にできた休日、奥多摩の射撃練習場に行こうかとも思ったが、なんとなくやる気が出ず、高沢にしては珍しく夕方まで部屋でごろごろとして過ごしていた。

実際、身体は怠《だる》くはあった。が、それはいつものような前夜の櫻内との激しい夜の行為のためではない。

昨夜、櫻内は高沢を抱かなかった。というのも、風間との話が弾みすぎ、夜が白々と明けて尚、飲み明かしたためである。

話が弾んでいたのは、言うまでもなく櫻内と風間の間でのみで、高沢はほとんど口を開かなかった。

風間は気を遣ってくれたのか、はたまた邪魔に感じたのか、何度か櫻内に向かい、高沢を寝かせてやったらどうだと提案してくれた。

「一人で寝かせると寂しがるからいいのさ」

だが櫻内は笑って取り合わず、結局お開きになるまで高沢は付き合わされたのだった。

喋《しゃべ》ることがないので自然とグラスを空けるピッチが早くなる。櫻内は相当な酒豪だが、風間も負けていないようで、喋りながらも高沢以上に飲んでいたものの、泥酔することもなければ酔いの倦怠《けんたい》をも感じさせず、爽《さわ》やかといっていいような別れの挨拶——といっても数時間後に再会するわけだが——を交わしていた。

その後、櫻内はシャワーを浴びてすぐに出かけ、高沢は飲み過ぎたせいで頭痛と胃のむかつきを抱えたまま眠りについた。

昼前に目覚めはしたが活動する気力はなく、それで高沢はごろごろとして過ごしていたのだった。

こういうときには、腹に何か入れるといいのだ。怠いからと寝ているうちに、あっという間に日が暮れてしまうだろう。

そうは思うのだが、食欲はない上に何をするのもおっくうで、つい、寝転んでしまう。

目を閉じると高沢の脳裏には、数時間前まで楽しげに会話を交わしていた櫻内と風間の姿がまざまざと蘇るのだった。

『黎一』

『玲二』

ごくごく自然に名前で呼び合う二人は、何を説明されるより前に、強い絆《きずな》で結ばれていることがわかる。

昔からの付き合いなのだろうが、いつ頃からお互いを知っているのか。十代か。その頃の二人の関係は？

昨日の会話の中で年齢の話が出たが、風間は櫻内より一つ年上ということだった。

若き日の二人の姿を思い描こうとしたが、もとより創造力の乏しい高沢ゆえ、上手《うま》く像を描くことができなかった。

親しげな二人の姿は、二人して容姿が完璧《かんぺき》といっていいほど整っているために、実に絵になった。

きっと若い頃も絵になる二人だったのだろう、と再び若き日の二人を想像しようとした高沢の口から深い溜め息が漏れた。

「……？」

自分でもなぜ、こうも深く溜め息を漏らしてしまうのか、その理由がわからない。

気分の悪さはずいぶん落ち着いていた。気怠《けだる》さもようやく抜けてきた頃だ。

それならなぜ、と高沢は考え、答えらしきものを見つけた瞬間、さらに深い溜め息をついてしまった。

若き櫻内の姿を頭に思い描けないのは、当たり前の話だが、当時の彼を見たことがないためである。

自分の知らない櫻内を、風間は知っている。知るどころか、深い絆を結んでいた、その事実に改めて気づかされた結果の溜め息と察したからである。

高沢の知る櫻内は、ほんの二、三年前の彼にすぎず、それこそ早乙女や、そう、渡辺ですら、自分が知るより前に櫻内のことを知っていただろう。

それを気にしたことなど一度もないというのに、なぜ風間に限っては気になるのか。

「……わからん……」

ぽつりと呟く己の声が、広い室内に響く。

思えば自分のベッドで眠るのも久しぶりだった、とシーツを撫《な》でながら高沢は、また、胸の中にもやもやとした感情が立ち上ってくるのを感じ、はあ、と息を吐き出すと敢えて勢いをつけ、起き上がった。

やはり奥多摩に行こう。そう心を決め、支度をするためにクローゼットに向かおうとしたそのとき、枕元に置いた携帯電話から着信音が響いてきて、誰からだと高沢はディスプレイを見やった。

高沢に電話をかけてくる人間は数えるほどしかいない。もっとも頻度が高いのが早乙女なのだが、今回の電話もまた彼からだった。

この時間なら櫻内と一緒にいるのではないかと思いつつ応対に出る。

「はい、高沢」

『おう、これから迎えに行くからよ。支度しといてくれや』

「迎え？」

どこに連れていこうというのか、と問い返した高沢に答えを与えることなく早乙女は、ひどくせかせかした口調で、

『一張羅《いっちょうら》、着て待ってろや』

とだけ告げると電話を切ってしまった。

「？」

わけがわからない。が、呼び出したのが早乙女本人ではないことは考えずともわかった。

一張羅と言われても、と困り果て、壁に作り付けてあるクローゼットへと向かう。扉を開くと高級ブランドのスーツがずらりと数えきれないほど並んでいたが、実のところ高沢がこれらに袖《そで》を通したことは数えるほどしかなかった。

一度も着ていない服が何着もある。どれを着ればいいのだと途方に暮れていると、

「失礼します」

ノックの音がしたと同時に小さく扉が開き、渡辺が顔を覗かせた。

「あの、早乙女の兄貴が、高沢さんの支度を手伝うようにと……」

「……ありがとうございます」

早乙女のフォローをありがたく思いつつ、高沢は渡辺を振り返り頭を下げた。

「どれを着ればいいでしょう」

「そうですね。これから向かう店を考えると……」

「え？」

自分には目的地を言わなかったくせに、渡辺には伝えているのか、と思わず声を漏らした高沢に、今度は渡辺が驚いてみせる。

「え？」

「あの、目的地はどこでしょう」

「ええっ？」

さらに驚いた声を上げた渡辺だったが、すぐに、

「失礼しました」

と頭を下げた。

「銀座のクラブに行くそうです。以前、風間若頭補佐が懇意にしていたホステスがママになっているとのことで、その店に若頭補佐をお連れするという話でした」

「そうですか……」

不意に出てきた風間の名に、高沢の鼓動が、どき、と変に高鳴る。

「どうされました？」

相槌が胡乱《うろん》すぎたからだろう。渡辺がおずおずと問いかけてきたのに、高沢は、はっと我

に返った。

「なんでもありません。申し訳ありませんがよろしくお願いします」

渡辺は早乙女が子分扱いをしている若者ではあるが、その早乙女に対しては、高沢は敬語を使うことはない。

それは早乙女とは付き合いが長いということもあったが、一番の理由は彼が高沢に対して特に敬語を使っていないからで、高沢は自分に対して敬語で接する相手には皆、敬語で返すようにしているのだった。

面倒なのは、早乙女と渡辺が一緒にいるときで、早乙女は高沢が渡辺に対し敬語を使うと、あからさまに不機嫌になり、高沢に向かって敬語など使う必要はないと怒り出す。

今日は早乙女がいない分、気が楽だと思いながら高沢は、渡辺がてきぱきとシャツやネクタイ、それにスーツを選んでくれるのをぼんやり見つめていた。

着替えが終わると渡辺は、高沢の髪も簡単に整えてくれた。

伸ばしっぱなしにしていた髪だったが、渡辺にオールバックのような形にしてもらうと、なかなか様になった。

とはいえもとがもとだからな、と、鏡の中の自分を見ながら苦笑する。

「どう、ですか?」

渡辺に問われ、櫛《くし》を手に後ろに立っていた渡辺へと視線を向けると、なぜだか彼は酷《ひど》く赤い顔をしていた。

「ありがとうございます。これでなんとか、銀座のクラブでも浮かずにすみそうです」

振り返り笑顔で礼を言うと、渡辺はますます赤い顔になり「いえ」と俯いた。

「？」

どうしました、と問おうとしたとき、

「おい、支度できたか？」

ノックもなくドアが開き、部屋を突っ切って高沢らのいる洗面所にドタドタと早乙女が駆け込んできた。

「ああ」

頷き、洗面台の鏡の前から立ち上がると、早乙女は高沢の姿を見て、ヒューと口笛を吹いてみせた。

「馬子にも衣装たぁ、よく言ったもんだぜ」

いいじゃねえか、と高沢の背を、痛いくらいの力でバシッと叩いたあと、

「いい仕事したじゃねえか」

と渡辺を振り返る。

「……あ、ありがとうございます」

渡辺は慌てて頭を下げたが、早乙女もまた彼の顔の赤さには気づいたようで、ん？　とい

う表情となった。

が、直後になぜか早乙女は、

「馬鹿野郎」

と乱暴に渡辺の頭を叩き、高沢をぎょっとさせた。

「なんだ、どうした？」

「なんでもねえよ。さあ、行くぜ」

組長が待ってる、と早乙女が高沢の腕を摑み、部屋を出る。

「理不尽に当たるなよ」

そうとしか見えなかったので注意を促すと、早乙女は、

「はあ？」

と、いかにも自分が理不尽な注意を受けたといわんばかりの素《す》っ頓狂《とんきょう》な声を上げ、高沢を睨みつけてきた。

「あんただって悪いんだぜ」

「俺が？」

何を言っているのかさっぱりわからない。首を傾げる高沢に早乙女は何か言い掛けたものの、

「さあ、早く」

結局は何も言わずに高沢を急かし、待たせていた車へと向かった。

車中、早乙女はむすっとしており、なぜ不機嫌なのかわからないながらも、高沢はこれから連れていかれる場所についての知識を得ようと話しかけた。

「銀座のクラブに行くそうだな」

「そうだよ」

相変わらずむすっとしたまま早乙女は答えたが、高沢が、

「若頭補佐の馴染《なじ》みの女の店だとか」

と問いを重ねると、チッと舌打ちし、こう吐き捨てた。

「あの野郎、ベラベラ喋りやがって」

「俺が聞いたんだよ。お前が何も教えてくれないから」

また渡辺が当たられては気の毒だ、と逆に早乙女を責める。

「あのときは急いでたんだよ」

途端に早乙女はバツの悪そうな顔になったものの、謝ることはなかった。

「店には組長と若頭補佐と、他には誰が行っているんだ？」

幹部連中が皆、そろっているのだろう。そう予測し問いかけた高沢の読みは外れた。

「いや。組長と若頭補佐だけだ」

「………」

二人きりとは思っていなかった。なぜか高沢の鼓動がまた、嫌な感じで高鳴る。何を気にしているのだか、と高沢は自然と胸のあたりにやってしまっていた手をぎゅっと握って再び下ろすと、早乙女とは反対側の車窓へと目をやり、車がどの辺りを走っているかを見るとはなしに見やった。

その後、どうやら機嫌を直したらしい早乙女は、今日、櫻内が事務所に二次団体の長を集め、風間を正式に菱沼組の若頭補佐として紹介したと、そのときの様子を詳しく高沢に伝えはじめた。

「組長連中の大半は風間若頭補佐と面識があったみてえだったぜ。えらい盛り上がりだった。祝い事もえらいことになりそうだぜ」

「そうか……」

「人望があるとは聞いてたが、評判どおりだった。いやあ、俺の想像以上だ。すげえ人なんだなあと、皆の反応を見て改めて思ったよ」

「そうか」

ベタ誉《ほ》めだな、と内心思いつつ相槌を打つ。

「なんだよ、リアクション、薄《うせ》えな」

いつもとかわらないいつもりだったが、早乙女はそうはとらなかったらしく、不満げに口を尖らせると、尚も風間の話題を続けた。

「そのあと組長じきじきに若頭補佐を連れての挨拶回りよ。で、ラストが若頭補佐の昔の女の店だっつーわけだ」

「なぜ俺が呼ばれた」

理由がわからない、と問うと早乙女は、

「若頭補佐が組長に気を遣ったんじゃねえの？」

わからねえけど、と、それこそ高沢にとっては『わからない』答えを返してきた。

「気を遣った？」

「夜まで組長を引っ張っちゃあ、愛人のお前が拗《す》ねるとでも思ったんじゃねえの？」

「…………」

揶揄しているふうでもない早乙女を、高沢は思わず見てしまった。

「拗ねる……」

「世の愛人っていうのは拗ねるもんなんだよ。行き先はクラブだしな」

「…………ああ、なるほど」

そういうことか、と納得し頷いた高沢を見て、早乙女が、やれやれ、というように肩を竦める。

「あんたさ、嫉妬《しっと》とか、しねえの?」

「嫉妬……」

その単語を聞いたとき、高沢の頭の中で何かがチカ、と光った。

何かの『正解』に己を導くその光を追いかけようとするあまり黙り込んだ高沢の横で、早乙女がますます呆れた声を出す。

「しねえか。あんた、鈍いもんな」

「………そう……かな」

嫉妬――そうした感情と高沢は今まで比較的無縁に過ごしてきた。

勿論まったく『嫉妬心』がないわけではない。が、何事においても淡泊で、興味があるのは射撃のみ、という人生を送ってきた彼にとって、嫉妬心を抱くほどの執着を覚える相手がいなかったのだった。

嫉妬心。口の中でつぶやき、自然とまた胸へと向かっていた自身の手を見やる。

自分を愛人にするより前に、櫻内には複数の愛人がいたという話を以前高沢は早乙女から聞いたことがあった。

男は一人もおらず、美女揃いだったという。彼女たちと櫻内は今や綺麗に切れており、高沢は『唯一の愛人』と言われて久しかった。

絶世の美少年、もしくは美青年であれば『唯一』もわかるが、人目を引くほどの容姿でもない上、もと警察官を愛人にするとは、と、組内でも一時、高沢に対するバッシングがかなり高まっていた。

『高まる』というレベルではなく、それが原因で前若頭補佐が櫻内を倒そうとする香港マフィアに寝返ったことすらあったくらいなのだが、櫻内が高沢を愛人の座に据えて一年以上経った今、さすがに組員たちも高沢の存在に慣れたのか表面上バッシング等の現象はない。

それを、組員が自分の存在を受け入れた証《あかし》と思うほど、高沢は楽観的ではなかった。櫻内が一年以上もの間、他に愛人を持たずにいるという『事実』が不満を抱く組員たちの口を塞《ふさ》ぎ、諦観《ていかん》を植え付けたにすぎない。

早乙女曰《いわ》く、櫻内は特定の愛人と一年以上の関係が続いたことがないということだった。

もしも自分以外に櫻内が『愛人』を持つようになった場合、果たして嫉妬をするだろうか、と高沢は己の胸に問いかけてみた。

想像してみようとするも、いかんせん、実体験が伴わないために今一つピンとこない。

実際、そのときがきて初めて『嫉妬』がなんたるかを知るのだろう。そのときにはすべてが手遅れとなっているのかもしれないが――。

そんなことをぼんやりと考えていた高沢は、早乙女に、

「おい」

と腕を摑まれ、はっと我に返った。

「悪い。ぼんやりしていた」

「もう着くぜ。そこではぼんやりすんなよ」

呆れた口調でそう言いながら、早乙女が何か言いたげにちらと高沢を見る。

「なんだ」

「いや……」

ここで早乙女は、彼にしては珍しく言いよどんでみせた。

「なんだ?」

再度問うと「なんでもねえよ」と一旦は誤魔化そうとしたものの、高沢が見つめ続けていると、むー、と唸《うな》ったあとに口を開いた。

「いやあ、なんつうか……あんたよりよっぽど、若頭補佐とのほうがラブラブっつうか、お似合いっつうか……つい、そう思っちまってよ」

「…………そうか」

他に相槌の打ちようがなく頷くと、早乙女は少し拍子抜けした顔になった。

「なんだ、気にしねえの?」

「……まあな」

気にしない、といえば嘘になる。なので適当に誤魔化した高沢の心中などまるで察してい

ないようで、早乙女は、

「気にしねえならいいけどよ」

と、途端に口が軽くなった。

「なんつーかよ、組長と若頭補佐だと、絵になるのよ。二人してキラキラしてるっつうか、お似合いいっつうか」

「…………」

早乙女のいわんとすることは、高沢にもすぐに通じた。が、今回もなんのリアクションのとりようもなく黙り込む。

「勿論、二人がそういう仲っつーわけじゃねえとは思うよ。でもよ、ほんと、絵になるんだわ。あんたもこれから、いやっつーほど目《ま》の当たりにすると思うがよ」

「そうか」

確かに、と頷く高沢の脳裏に、櫻内と風間が談笑している姿が浮かんだ。

絵になる。まさにその表現がぴったりくる二人だった。

『キラキラしている』という表現もぴったりだ、と高沢は大きく頷いた。

「でもまあ、キラキラしてなくても組長の唯一の愛人はあんたなんだし、気にすることはないんだけどよ」

明らかにフォローしている、という様子でそう告げた早乙女に高沢は思わず苦笑してしまった。

「なんだよ」

途端に早乙女が酷く照れた顔になり、口を尖《とが》らせる。

「別に慰めてやったわけじゃねえからな」

「わかっているよ」

そっぽをむく早乙女に高沢はますます苦笑してしまいながら、早乙女とは反対側の車窓をまた見やった。

「そろそろだな」

銀座の街中、高級クラブが立ち並ぶ細い通りへと車が入っていく。

「その店に組長はよく行くのか？」

高沢の知る限り、櫻内が贔屓《ひいき》にしているクラブはなかった。だが高沢も百パーセント櫻内の行動を把握しているわけではないので、もしや、と思いそう問うと、果たして早乙女の答えは、

「よくっていうほどじゃねえけど、時々顔は出してたな」

というもので、その口振りからすると『時々』よりは頻繁なようだと高沢は察した。

「銀座でも評判の美人ママだ。目の保養になるぜ」

早乙女が心持ち弾んだ声を出す。そういや彼はかなりの面食いなのだった、と高沢は思い

出し、またも苦笑した。

その『面食い』にかつて、好きだと告白されたことをふと、思い出したためである。

その後も早乙女の態度は変わらず、二人の間では『なかったこと』のような状態となっていた。

あれはやはり気の迷いだったということだろう、と高沢が下を向き、笑ったことを早乙女に気づかれぬようにしているうちに車は停まった。

「着いたぜ」

早乙女が降りるのに続き、高沢も車を降りる。エレベーター前には見覚えのある若い男が二人立っていて、早乙女と高沢に会釈をして寄越した。

ダークスーツに身を包んでいる二人は菱沼組の若い衆だが、今日は一見してヤクザとはわからないような出で立ちをしていた。

店への配慮だろう。そう思いながら一人が呼んでおいてくれたらしく、すぐに開いたエレベーターの扉から中へと乗り込む。

店は五階だった。ワンフロアを使っているようだ、とエレベーターを降り、店のドアを入る。

「いらっしゃいませ」

広々とした店内に客はいなかった。あまりの閑散ぶりに高沢が驚いていると、

「馬鹿」

と早乙女が彼を振り返った。

「今日は貸し切りにしたんだよ。若頭補佐の歓迎会だからな」

「でも二人なんだろう？」

他の幹部やら組員たちがいれば『貸し切り』もわかるがと首を傾げた高沢を、早乙女が呆れ顔のまま振り返る。

「なんでそう、情緒がないかね。五年ぶりの再会だぜ。しっぽりいきてえじゃねえか」

「………しっぽり……か」

今一つわからない、と高沢が首を傾げる。と、

「いらっしゃいませ」

奥から和装の美人が現れ、二人に笑顔を向けつつ深く頭を下げて寄越した。

「奥でお待ちです。さあ」

華やかな美女二人に連れられ、一段高いところにある奥まった席へと向かう。

「来たか」

ゆったりとソファに座っていた櫻内が片手を挙げて高沢を迎えた。隣にぴったり寄り添い座っているのは美人と評判のママではなく、美人は美人でも若頭補佐に就任したての風間で、高沢に向かってにっこりと微笑み会釈をして寄越したあとに、すっと櫻内との間に距離を置

き、高沢のために場所を空けてくれた。

「いえ……」

美しいという表現では足りないほどの美貌の二人に挟まれるのはどうにも気が引け、足を止めた高沢に櫻内が手を差し伸べる。

「どうした。来い」

「どうぞ。櫻内さん、先ほどから、まだかまだかとお待ちかねでしたのよ」

背後から明るい声がし、いつの間に、と驚いて振り返った先、輝くような美貌の女性に微笑まれ、高沢は彼にしては珍しく声を失った。

「いらっしゃいませ。百合子《ゆりこ》です」

深く頭を下げる彼女を前に、高沢はようやく我に返り、

「どうも」

と頭を下げ返した。

「ママだ」

横から早乙女がこそりと囁いてくる。彼に教えられるまでもなく、彼女が『銀座でも評判の美女』といわれる店のママであることは、女性の容姿の美醜について、そう興味を持たない高沢にもすぐにわかった。

店内に案内してくれたホステス二人も、充分華やかな美人であったが、百合子というママ

の美貌は格が違った。

発光していると錯覚する、まさに輝かんばかりの美人である。

年齢不詳ではあるが、これだけの規模の店のママとなると二十代とは思いがたい。しかし二十代にしか見えない、と、高沢はいつしか無遠慮なほどまじまじと百合子の顔に見入ってしまっていた。

「お前のそんな反応、初めて見るぞ」

櫻内の笑いを含んだ声がしたのに、はっとする。

「女には興味がないと思っていたが、美人は別か」

「組長の愛人なら、面食いなんだろう」

あはは、と櫻内の横で風間が笑う。

「………」

その顔を見た瞬間高沢は、思わず息を呑んだ。というのも風間のその笑顔は『発光している』とまで感じた百合子ママとよく似ていることに気づいたからだった。

兄妹、もしくは姉弟といっていいほどの相似だった。愛人ではなく血縁関係にあったのか、と高沢はつい、ママを振り返ってしまった。

「どうなさったの?」

勢いがよすぎたせいか、百合子ママがびっくりしたように目を見開く。

「似てるとでも思ったんだろう。よく言われるから」

そうだよね、というように風間が高沢に笑顔を向けてくる。

「……あの……」

似ているとは言われるが、血縁関係にはないということだろうか。首を傾げた高沢に説明をしてくれたのはママだった。

「風間さんはナルシストなの。自分そっくりの女を愛人にしたのよ」

「…………」

冗談か、はたまた本当のことなのか。判断に迷うなと思いつつも高沢は、

「いいから座れ」

と櫻内に促され、彼と風間の間に座った。

「噂の彼氏にお会いできて光栄だわ」

うふふ、と文字の上でしか聞いたことのない、色っぽくも可愛《かわい》い笑い方をしたママが、高沢の正面に座り酒を作り始める。

早乙女は座れという指示がなかったため、すぐそばで所在なさげに立っていた。

「座らせたらどうだ?」

立たせておくのも気になるし、かつ邪魔だろうと高沢が櫻内に提案する。

「…………」

櫻内はちらと早乙女を見たものの、許可を与えることはなく高沢に話しかけてきた。

「今日は何をしていた」

「特に何も……」

実際、何もしていなかったので正直に答えたというのに、櫻内はなぜか執拗《しつよう》に追求してきた。

「『特に』ということは何かやったのか？」

「いや。別に何も」

「一日何も？」

「ああ」

これということはしていない。なのでそう答えた高沢に、櫻内が問いを重ねる。

「奥多摩へも行っていないのか。珍しいな」

ほぉ、と少し驚いたように櫻内が目を見開く。

「ああ……？」

それがどうした。問い返した高沢に櫻内は、

「ちょうどよかった」

と微笑んだ。

「明日、風間を練習場に連れていこうと思っていた。同行してくれ」

「……わかった」

それで『ちょうどいい』か、と納得した声を上げた高沢に、風間が話しかけてきた。

「悪いね。組長は俺の五年間のブランクを埋めてくれようと必死なのさ」

「はあ……」

風間の言わんとするところも、高沢にはよくわからなかったが、これは別にわからなくともいいのかと曖昧《あいまい》な相槌を打つと、櫻内が補足説明とばかりに口を開いた。

「組のことはなんでも知っておいてもらいたい。この五年の間の変化はすべて把握させたいからな」

「五年は長いよなあ」

笑顔で告げる櫻内に、しみじみと風間が答える。

「奥多摩の射撃場が実際できていることに、少なからずショックを受けたよ。五年前はまだ計画段階で具体化すらしていなかった。改めて五年という歳月の長さを感じているよ」

「五年などお前ならあっという間に取り戻せる」

力強く櫻内が告げ、頷いてみせる。

「そうあってほしいな」

そんな櫻内を真っ直ぐに見つめ返し、風間が頷く。

「………」

割り込めない雰囲気を醸し出す二人の間に挟まれ、高沢は居心地の悪さを覚えずにはいられないでいた。

「なんだか妬《や》けるわ。いかにも二人の世界って感じで」

同じことを百合子ママも感じているようで、高沢に向かい苦笑してみせる。

「馬鹿馬鹿しい。組長にはさんざん世話になっているというのに、何を言い出すんだか」

呆れてみせる風間に「だって」と百合子が不満げな声を出す。

「五年ぶりに会ったというのにあなた、組長しか見ていないじゃないの」

「当たり前だろう」

「当たり前って酷いわ」

どうやら本気で拗ねているらしい百合子に櫻内が、

「口だけさ」

と笑う。

「二人になれば甘い語らいを始めるだろう。我々は早々に退散するべきだな」

櫻内がそういい、高沢の肩を抱いた。

その瞬間、百合子ママをはじめ、ホステスたちが息を呑んだ気配が伝わってきた。

普段であれば、人前であからさまな態度をとられることを高沢はよしとしない。だがこのときに限ってはなぜか、櫻内のなすがまま、彼の胸に身体を寄せてしまった。

ヒュー、と風間が口笛を吹き、櫻内と高沢に笑顔を向けてくる。

「噂に違《たが》わぬラブラブぶりだ」

「どんな噂なんだか」

苦笑する櫻内の手は相変わらず高沢の肩にある。

このままその手が己の肩から去っていかないようにという願いを抱いている自分に気づき、高沢は唖然とすると同時に、そんな自分に戸惑いを覚えずにはいられないでいた。

4

翌日、高沢はボディガードとして奥多摩の射撃練習場へと向かう櫻内と風間に同行することになった。

「しかし、ラブラブだよなあ」

ボディガードに指名されたのは高沢と峰だった。峰は昨日も一日櫻内と風間の警護をしていたとのことで、連日の勤務となったわけだが、高沢が聞くより前に前日の様子をこれでもかというほど詳しく教えてくれた。

「下にも置かない扱いとでもいうのかな。とにかくべったりだった。組長の態度を見れば皆、幹部として立てざるを得ないだろう」

「その意図があったと？」

ラブラブではなく、と高沢が問うと峰は、

「まあ、そういうことなんだろうが」

と全面的に同意はしてこなかった。

「他に理由が？」

あるということか、と問いかけた高沢に峰は非常に言いにくそうにしながらも、

「俺に組長の意向がわかるわけもないけどな」

と肩を竦めた。

「第一、愛人のお前がわからないものを俺がわかるわけないだろう?」

「俺は鈍いからな」

高沢がそう言うと峰は一瞬言葉を失ったものの、すぐに——爆笑した。

「面白すぎる。お前が『鈍い』と自覚する日が来るとは思わなかった」

「それほど俺のことを知っているわけでもないだろうに」

これは高沢の本心だったのだが、峰には軽く流されてしまった。

「お前が俺を知らなくとも、俺はお前を知っている。お前は有名人だったからな」

「オリンピック候補か?」

四年に一度の国民的行事。選手候補になったことで『有名人』といわれるのは致し方ない、
と半ば諦めつつ問うと、

「まあ、それだけじゃないけどな」

と峰が意味深な答えを返してきた。

「他には?」

「組長の愛人ってことのほうが、インパクトはあるかな」

にや、と笑いながら告げられた言葉に、高沢は、うっと言葉に詰まった。

「まあそれは冗談としても、そういう意味じゃなくても組長の若頭補佐の買いっぷりはすごいという話だよ」

本人、綺麗に話をまとめたつもりらしく、どうだ、と得意げな顔になっている。

「今まで、若頭補佐が不在だったということもあるんじゃないだろうか」

「それはあるよな。言っちゃなんだが今までの幹部連中は頼りなかったから。その分、組長の負担が大きかったしなあ」

「そうだったのか」

峰が感じたその『負担』の大きさを、高沢はまるで感じていなかった。

これでは『愛人』失格だ、と思わず溜め息を漏らすと、峰が驚いたように声をかけてきた。

「おい、まさかと思うけど俺の言葉に傷ついたわけじゃないよな?」

「傷ついてはいない。ただ、自分の観察眼のなさに、自己嫌悪に陥っただけで」

「自己嫌悪ねえ。愛人は知らなくてもいいと思うぜ。ま、ボディガードとしてはどうかと思うが」

「…………そうだよな」

実際のところ、と頷いた高沢に、

「そう深刻にとるなよ」

と峰が苦笑する。

「だいたい、男の愛人になること自体、レアケースだ。そう気にするもんじゃないと思うぜ」

「……………申し訳ない」

気を遣ってもらって、と詫《わ》びた高沢にまた、峰が爆笑する。

「そんなに可愛くなられると、俺まで変な気分になる。よしてくれ」

「なあ」

それが冗談であることは充分、高沢も理解していた。それでも尚、問わずにはいられず、

「なに？」

と問い返してきた峰に問いを発していた。

「俺は……可愛いか？」

「はい？」

峰が素っ頓狂な声を上げ、高沢を見る。

「……………可愛くはないよな」

聞かずとも答えはわかった、と高沢が言葉を発する。

「いや、可愛いぜ？」

フォローなのか峰は慌てた様子でそう言ったあと、

「今、大事なのは」

と言葉を続けた。

「愛人としてのお前が、ふるいつきたくなるほど可愛いかってことより、新たに任命された若頭補佐が今後、絶大なる権力を得ようとしているってことだと思うけどな」

「……まあ、そうだよな」

頷いた高沢を前に、峰がぷっと吹き出す。

「不安だっていうんなら、声を大にして言ってやる。お前は可愛い。組長がメロメロになるのもわかる。だから安心していい」

「…………ありがとう」

心にもないことを言わせて悪かった、と高沢が苦笑する。

「……まあ、案ずることはないと思うぜ」

峰が顔を赤くしつつ、そっぽを向く。

「だといいがな」

苦笑した高沢に峰は何かを言い掛けたが、結局は何も言わず、

「さて、今日の警護だが」

と警護プランに話題を変じた。

「奥多摩の練習場は今更感があるよな。あそこはもう、要塞《ようさい》だ。しかも責任者は三室教官だろう?　警護の必要はないよな」

「まあ、そうだよな」

三室がいれば、間違いはない。絶対的な信頼を寄せているのは自分だけではなかった、と高沢は峰を見る。

峰もまた高沢を見返し、笑顔で頷いたものの、その数時間後に彼らの信頼を損なうような事態が起ころうことなど、未来を見通す力のない二人にわかろうはずもなかった。


その日の午後二時、櫻内と風間は組事務所から奥多摩へと車で向かおうとしていた。高沢と峰たちは別の車に乗り込んだのだが、出発直前に入った連絡により奥多摩行きは中止となった。

『射撃練習場が何者かの攻撃を受けました。三室所長は重傷。立川の病院に搬送されています』

奥多摩からの一報に、組内は大騒ぎになった。高沢も驚愕し、すぐさま三室の容態を知ろうと立川の病院を峰と共に訪れた。

「……ICUか……」

命に別状はないようだ、とようやく自身の目で確かめることができた高沢が安堵《あんど》の息を吐く。

ＩＣＵへの入室は身内のみに限られているが、三室には『身内』がいないため、峰が、自分たちは警察時代の後輩だと病院に掛け合い、高沢と二人入室できることになった。

「……教官……」

生命維持装置の、ポーン、ポーン、という音が響く中、ベッドに横たわる三室の顔色は悪かった。

『攻撃を受けた』というのがどのような状態であるかはわからないものの、身体だけではなく顔半分にも包帯が巻かれている。

血圧も八十を切っており、大丈夫なのかと高沢は峰と顔を見合わせた。

「意識は？」

外に出てから看護師に尋ねると、

「ずっとない状態です」

という答えが返ってきた。

「他に運び込まれた人間はいましたか」

高沢がそう問いかけたのは、ここに金子《かねこ》の姿がないためだった。

金子は三室自身は『息子』と言い、櫻内は『三室の愛人』と認識している若者で、奥多摩の射撃練習場に三室と共に住み込んでいる。

三室が重傷を負ったとなると駆けつけていないとおかしいのだが、もしや彼も重傷を負ったのではないかという高沢の読みは当たった。

「もう一人、若い男性が運び込まれました。こちらも重傷で意識がない状態です」

「金子という男ですか？」

ＩＣＵにいたのか、と振り返りつつ尋ねたが、看護師からは名前はわからないという答えが返ってきた。

「我々も最善を尽くしておりますが……」

三室は今のところ命に別状はないということだったが、金子に関しては予断を許さない状態にあると聞き、高沢は言葉を失った。

「いったい誰がこんな……」

峰もまた絶句していたが、ここで二人に組から自宅待機の命令が下ったため、高沢は峰と別れ松濤の櫻内宅へと戻った。

「何してやがった。組長がすぐ来いってよ」

玄関先では早乙女がやきもきした様子で高沢を待っており、高沢は彼に背を押しやられながら応接室に向かった。

「失礼しやす」

ドアをノックし、まず早乙女が部屋に入る。

「高沢さんが戻りました」

高沢は櫻内の愛人であるため早乙女は普段つけたことのない『さん』づけをしており、それに思わず高沢は笑いそうになった。

「失礼します」

しゃちほこばっている早乙女を揶揄する時間的余裕はなく、頭を下げ室内に足を踏み入れる。

「………………」

顔を上げた瞬間、目に飛び込んできた、麗《うるわ》しいとしかいいようのないツーショットに高沢は一瞬言葉を失った。

「病院に行ってきたとか」

高沢を真っ直ぐに見つめ、そう問いかけてきた櫻内の横には風間の姿があった。

「……はい」

本当に絵になる二人だ、と思いながら頷く。

そのとき高沢は櫻内の機嫌がそうよくないことに気づいていなかった。

「三室を見舞ったのか」

「あの」

問いに答えず、逆に問い返すというのは櫻内の嫌うことの一つだった。わかっていながらにして問いかけようとした高沢を、櫻内がじろりと睨む。

「質問しているのは俺だ」

「失礼しました。はい、教官を見舞ってきました」

はっとし、問いに答えると高沢は改めて、

「射撃練習場を攻撃したのは誰か、わかっているのですか」

と問いかけた。

「調査中だ」

ぶすっとしたまま櫻内が答える。

「………そうですか……」

菱沼組の――櫻内の情報網は警察をも凌《しの》ぐほどのものだが、それらを駆使しても尚、犯人がわからないとは、と高沢は驚きを新たに櫻内を見返した。

「今、菱沼組に楯突こうとする組織はそうそうないだろうからね。可能性としては大陸か香港あたりのマフィアじゃないかと、今その方面を調査中だよ」

ここで風間が会話に加わった。櫻内が語らない調査の詳細を高沢に教えてくれる。

「ありがとうございます」

礼を言うと風間は、気にするなというように微笑んだあと、

「ところで」

と視線を櫻内へと向けた。

「射撃練習場は武器庫といってもいいほどの多種多様な銃が完備されているんだろう？　すぐにも正式な管理人を配置すべきだと思うが」

「そうだな……」

風間の提案に櫻内が相槌を打つ。

「三室という責任者、あれはさすがだな。彼の働きがなければ武器はあらかた持っていかれていただろうからな」

「そうだったんですか」

知らなかった、と目を見開いた高沢に、

「ああ」

と風間がにっこり笑って頷く。

「ああ、君とは警察仲間だったたか。在職中も面識はあったの？」

「はい。大変お世話になりました」

「そうなんだ」

敢えて狙《ねら》ったわけではないが、会話が高沢と風間、二人の間でのみ続いていく。

「それならさぞ心配だよね。容態はどうだったの？」

「意識不明で……」

「三室の容態の話はいい。報告が来ているからな。それより今後の射撃練習場の責任者についてだ」

不意に不機嫌きわまりない櫻内の声が響いたのに、室内の緊張が一瞬にして高まった。

「悪い悪い。君の愛人にちょっかいをかけようとしたわけじゃない」

だが張りつめた空気も、風間が明るく笑いながらそう返すと、あっという間に緩み、和やかな雰囲気が座を覆った。

「…………」

櫻内の怒りを一瞬にして鎮めたことにも驚かされたが、何より不機嫌な櫻内に対して、風間が少しの恐れも抱いていないことのほうに、より高沢は驚いていた。

鈍い、と言われることの多い自分ですら、櫻内の怒りを前にすれば緊張で身体が強張る。

風間は『鈍い』というわけではなく、もともと櫻内を恐れていないためなのだろうと、高沢は、にこにこと屈託のない笑みを浮かべその櫻内と対話する風間を改めて見やった。

「射撃練習場の責任者、なんなら俺がやろうか？」

風間が朗らかといっていい口調で櫻内に提案する。

「五年ものブランクがあるからな。相当腕も鈍っているだろうし、リハビリを兼ねて当分、奥多摩にこもるのもいいかと思うんだ」

「それは困る」

櫻内は彼の提案をすぐさま斬《き》って捨てた。が、彼の顔にも笑みがあった。

「なんでだよ」

風間が不満そうに口を尖らせる。

「…………」

またも高沢は驚いたあまり、まじまじと風間の顔を見つめてしまった。

櫻内に対して不機嫌な顔をしてみせる怖いもの知らずの組員を、今まで一度も見たことがなかったためである。

前々日よりも尚、親しげになったように見える二人は高沢の前で、まさに『二人の世界』とでもいうべき空間を作り上げていった。

「お前には若頭補佐として組を束ねていってもらわないと困る」

「それは組長である玲二の役目だろう」

「俺の下、というのは不満か？」

「肩を並べたいかって？　あいにくそこまで欲深くも自分を知らなくもない。俺はナンバーツーでこそ光る男だ」

「自分で言うかね、それを」

「お前が言ってくれないからじゃないか」

あはは、と風間は楽しげに笑ってみせたあと、

「冗談はともかく」

と櫻内に向かい身を乗り出した。

「真面目な話、リハビリはしたいんだ。昨日、あれこれと連れ回してくれたけど、五年前とは隔世の感があったよ。たかが五年、されど五年。お前の右腕になるにはまず、五年のブランクを埋めることが必要だ」

真摯《しんし》な表情で告げる風間を櫻内がじっと見返す。

「………」

見つめ合う二人——熱い視線の交叉《こうさ》に、なぜか高沢はいたたまれないとしかいいようのない気持ちに陥った。

「リハビリの必要などない」

真っ直ぐに風間を見据えたまま、櫻内が静かに口を開く。

「お前はお前でいい。五年の間、何が起こり何が変わったかは、俺の傍にいれば自ずとわかるはずだ」

眼差《まなざ》し同様、熱い櫻内の口調に、なぜだか高沢の胸に差し込むような痛みが走る。

「……すぐにも右腕として働けってか？　本当にお前は人使いが荒いねえ」

やれやれ、と風間が苦笑し、肩を竦めた。その笑顔が輝くほどに美しいことにも、高沢の胸はきりきりと痛む。

「当然だ。五年間、のんびりしていただろうからな」

「確かに。この上なく健康的で規則正しい生活を送らせてもらいましたよ」

またも談笑が始まりかけたが、

「でもさ」

と風間が眉を顰めつつ、話をもとへと戻した。

「ならどうする。射撃練習場の管理人」

「侵入ルートは悉《ことごと》く潰したからな。そう人数は割かずともいいかと思うが、それなりに銃が使える人間を据えたい」

櫻内の言葉に風間が「そうだなあ」と宙を睨む。

「鈴本《すずもと》はどうだ？　幹部入りを狙っているそうだし、活躍したいところじゃないかと」

「悪くはない。が、突発事項への対応には疑問が残るな」

「佐野《さの》は？」

「血の気《け》が多すぎる」

「田辺《たなべ》……は、射撃が下手《へた》だしな」

「この先何が起こるかわからないからな。組員たちの射撃の腕も磨かせたい」

「となると指導力もある人間……ということか。人選、難しいなあ」

うーん、と風間が唸ったあと、にこ、と悪戯《いたずら》っぽく笑う。

「やっぱり俺が行こうか」

「お前は駄目だと言っただろうが」

櫻内もまた笑顔で返す。

「お前は俺の傍にいろ」

その言葉を聞いた瞬間、高沢の中で何かが弾《はじ》けた。

頭の中が真っ白になる。自分が何に衝撃を受けたのか、高沢自身まったく理解していなかった上に、自分が今ショックを受けていることすら、彼は認識していなかった。

「俺が行きます」

気づいたときには言葉が口から漏れていた。

「え？」

風間が驚いたように目を見開き、高沢へと視線を向ける。

「君はマズいだろう。何せ玲二の愛人兼ボディガードなんだから」

一瞬にして驚きから脱したらしく、風間はそう笑うと、ねえ、と櫻内に同意を求めた。

「それこそ、傍にいろ、だろ？」

「そうだな」

櫻内が苦笑し、高沢を見る。

眼差しに熱がない。そう察した瞬間、高沢はまた、言うつもりのない言葉を告げていた。

「ボディガードは俺一人じゃない。俺が行く」

「愛人は一人だろうに」

ふふ、と風間が揶揄し、ねえ、とまた櫻内を見る。

「まあな」

櫻内は風間に笑い返し、やがて視線を高沢へと向けた。

『駄目だ』

次に櫻内の口が開くとき、その言葉が告げられる。

期待、というよりは予測だった。同時に高沢は、それがわかっていながら名乗りを上げた自分自身に、自己嫌悪の念を抱いていた。

くだらない。その一言に尽きる。まさか自分は櫻内にこう言ってほしかったのだろうか。

『お前は俺の傍にいろ』

風間に告げたように――。

「いいだろう。好きにしろ」

櫻内の唇が動き、告げられた言葉を高沢は最初、聞き違いと思った。

「…………」

それゆえ、返事の遅れた彼に、再び櫻内が同じ言葉を口にする。

「好きにしろと言ったんだ。だが責任者として行くからには、練習場を守れよ」

「……わかった」

聞き違いなどではなかった。許可が下りたのだと察した高沢は、溜め息を漏らしそうになるのを必死で堪《こら》えていた。

「いいの？　管理人って通いじゃないんだろう？」

驚いた様子で風間が櫻内に問うている。

「ああ。住み込みだ」

「寂しいだろう。お前が」

「はは」

揶揄というよりは心配している様子の風間に、櫻内が肩を竦める。

「仕方あるまい。愛人自ら志願したんだ」

「俺は止めたくせに」

本当にいいのか、と風間が眉を顰め、櫻内に問いかけたのはおそらく、高沢が声を失っていることに気づいたからのようだった。

もしや、自分もまた止められるだろうと見越して手を挙げた、その心理を読まれているのではない、と察した高沢の頬に血が上ってくる。

「行きます」

羞恥が高沢の口を開かせた。きっぱりとそう言い切る高沢を櫻内がちらと見たあとすっと視線を逸らせる。

「何、意地張ってるのか知らないけど、止《と》めたほうがいいんじゃないの？」

そんな櫻内の顔を覗き込むようにして、風間がそう問いかける。二人の顔の距離が近い。

思わず見入っていた高沢の耳に、櫻内の淡々とした声が響いた。

「世話になった三室の代わりをしたいと言うんだ。止める理由はないだろう」

「ああ、そういうことか」

なるほど、と風間が納得した声を上げ、高沢へと笑顔を向ける。

「そういう義理堅いところも、玲二のお気に入りなんだろうね」

「…………いえ…………」

なんと答えたらいいのかわからず俯いた体《てい》はとっていたものの、そのとき下を向いた理由は自分の顔が酷く強張っていたせいだということは、高沢自身、いやというほど気づいていた。

「そうと決まればすぐに向かってくれ」

櫻内が淡々と命じる声が、高沢の胸に刺さる。

「はい」

返事をし、立ち上がった彼に、声をかけてきたのは風間だけだった。

「気をつけて」

「ありがとうございます」

礼をし、顔を上げた高沢の視界に櫻内の端整な横顔が過《よぎ》る。

自分を少しも見ていない彼の視線の先には、風間の綺麗な顔がある。

そのことに気づいた瞬間高沢の胸はきりきりと痛んだのだが、その『痛み』が嫉妬の表れであることに、人の、何より自分の感情に鈍感すぎるほど鈍感な高沢もようやく気づき始めていた。

5

すぐさま高沢《たかざわ》は奥多摩《おくたま》へと向かうことになったのだが、櫻内《さくらうち》が彼の同行者に早乙女《さおとめ》と渡辺《わたなべ》を選んだため、高沢は早乙女から散々、泣き言を聞かされる羽目に陥った。

「なんで俺まで奥多摩なんだよ。いったい何日いりゃあいいんだ？　組長の傍《そば》を離れるとか、マジで信じられねえぜ」

「悪かった」

もう何度謝ったことか、と内心溜《た》め息《いき》を漏らしつつ高沢は早乙女に頭を下げた。

「お前だけでも残れるよう、組長に頼んだんだが駄目だった」

「だいたいよ、なんで志願なんてしたんだよ。あんただって組長の傍、離れたいわけじゃねえんだろ？」

「…………」

早乙女の問いに高沢は思わず頷《うなず》きそうになり、すんでのところで留《とど》まった。

「あー、奥多摩かよ。女もいねえ。遊ぶところもねえ」

「この機会に銃の腕を磨いたらどうだ？」

更に怒らせるとわかっていながら、高沢がそう告げたのは、いい加減早乙女の愚痴にいらついてきたためだった。

あまりこうした感情を抱《いだ》くことが高沢にはない。なのに今日は酷《ひど》くぎすぎすしている。

その理由に心当たりはあった。が、認めるのは躊躇《ためら》われる。必死に目を背《そむ》けてはいたものの、それもそろそろ限界だ、と高沢は密《ひそ》かに溜め息をつき、車窓を見やった。

「銃は苦手だって知ってんだろ。第一俺は盾だからな。銃なんて撃てなくてもいいんだよ」

わかってんだろうが、と、助手席で早乙女が吠えるのを、運転している渡辺がはらはらしつつちらちら見ている。

渡辺にもいい迷惑だろう。彼が遣わされたのは、家事担当としてだった。

そういえば彼が銃を撃っているところを見たことはない。小器用な男だからおそらく、射撃もある程度こなすのではないか。そんなことを考えていた高沢の脳裏には、屋敷を出るときの櫻内とのやりとりが蘇《よみがえ》っていた。

『行って参ります』

一応出発前に挨拶《あいさつ》をしていこうと、高沢は櫻内が未だ風間《かざま》と共にいた応接室へと顔を出した。

『気をつけて』

笑顔を向けてくれたのは風間だけで、既にその風間と酒を飲み始めていた櫻内は視線を向

けることもなく、ただ一言、

『武器庫は守れ』

そう告げたのみで、すぐ、風間との話を再開してしまい、その後話しかけるチャンスを得られなかった高沢は気持ちを残しつつ櫻内邸をあとにしたのだった。

櫻内が不機嫌であることは高沢も察していたが、その理由が何かまではわからなかった。

自分が射撃練習場の管理人代理に手を挙げたことを、出しゃばった行為だと不快に思ったのかとも考えたが、それが正解かどうかは櫻内に聞かない限りわからない。

どうせわからないのだから、と無理矢理思考を打ち切ったものの、櫻内の不興を買ったという思いは胸の中に重たくしこりとなって残っていた。


奥多摩に到着し、まず高沢が驚いたのは、攻撃を受けたはずの建物が既に補修されていることだった。

真新しい木材の香りが満ちている。補修されているだけではなく、外壁は補強もされており、たった一日で、と高沢は菱沼組《ひしぬまぐみ》の組織力に改めて感じ入ったのだった。

高沢らと入れ違いに、幹部の佐藤《さとう》が練習場を立ち去った。

簡単な引継《ひきつぎ》はあったが、組長の『愛人』と向かい合うのは居心地が悪いようで、指示はすべて早乙女になされ、慇懃《いんぎん》な態度をとられはしたものの、結果として高沢は無視をされた形となった。

こうしたことはよくあるので高沢はそう気にしていなかったのだが、そのような光景を初めて見た渡辺が、佐藤が帰ったあとに憤慨し始め、高沢を驚かせた。

「管理人代理は高沢さんなのに、あの態度は酷いじゃないですか」

「自分は気にしていませんから」

高沢は渡辺の怒った姿を見たことがなかった。どちらかというと気の弱い、大人しい若者という認識だったのだが、意外にも血の気《け》が多いのだなと渡辺に対する認識を新たにしつつ、丁寧な口調で怒る必要はないのだと説明しようとした。

「組の皆さんが自分を扱いかねる気持ちもわかりますから」

「それは……っ」

何かを言いかけた渡辺が、はっとしたように黙る。

否定しようとしてできなかったのだろう。渡辺もまた自分を扱いかねているようだから、と高沢は苦笑すると、

「早速建物内をチェックしましょう」

と渡辺と、佐藤を送りにいき今戻ってきた早乙女にそう声をかけた。

「ドンパチやったなんて、これじゃわからないよなあ」

早乙女が感心するように、補修は完璧《かんぺき》ではあったが、木の色が違うところが攻撃を受けた箇所となると、かなりの被害であったことは高沢にも見てとれた。

「武器庫は無事か。攻撃をしかけてきた奴らは退散したっていうが、手がかりの一つも残さなかったのかね」

死体が転がってりゃあなあ、と、早乙女が残念そうな声を出す。

「目的はなんだったと思う？」

練習場には三室《みむろ》と金子《かねこ》、二人しかおらず、その二人は意識不明の重傷を負っている。

攻撃をしかけてきた輩《やから》が退散したあとに二人は力尽きた——というケースもないではないが、違和感は残った。

結局、武器も取らず、練習場を破壊することもなく退散した人物の狙《ねら》いはなんだったのか。

まさか三室と金子の命では——？

その可能性は考えなくもなかったが、結局二人は生きているか、と高沢はその考えを引っ込めた。

「いつまでいることになるんだろうなあ」

高沢の問いに答えることなく、やれやれ、というように早乙女が溜め息を漏らす。

「三室所長が回復するまでだろう」

代理なのだから、と高沢が答えると、

「冗談じゃねえよ」

と早乙女は悲惨な顔になった。

「ひと月やふた月はかかるんじゃねえか？　その間ずっと奥多摩暮らしかよ。あんたと渡辺と三人で？」

ないない、絶対ない、あってたまるか、と騒ぐ早乙女を横目に高沢は、困ったような顔をして二人のあとに続いていた渡辺に声をかけた。

「渡辺さんは、銃は撃たれますか？」

「あの、丁寧語は結構ですんで」

渡辺が高沢の問いには答えず、バツの悪そうな顔でそう切り出してきた。

「そうだよ。俺には敬語なんて使ってねえじゃねえか」

早乙女に指摘され、高沢は、

「お前も使ってないじゃないか」

と言い返してから渡辺に笑顔を向けた。

「お互い、敬語はやめましょう。居心地が悪すぎる」

「それはちょっと……」

難しいです、と渡辺が困った顔になる。彼の頬が酷く赤いことに高沢は気づき、どうした

のかと尚も顔を覗き込もうとすると、

「お前は敬語でいいんだよ」

と早乙女が間に割って入ってきたせいで、彼の広い背中に遮られ渡辺の顔が見えなくなった。

「こいつはこう見えても組長の愛人だぞ。お前が口をきけるような相手じゃねえんだからよ」

「よせ」

この先、当分三人で共に生活するというのに、これ以上渡辺を萎縮《いしゅく》させてどうする、と今度は高沢が早乙女と渡辺の間に割り込んだ。

「丁寧語や敬語が気詰まりなのはお互い様だ。自然体でいくことにしよう」

「自然体ってなんだよ」

高沢に注意されたのが面白くないようで、早乙女がぎろりと睨《にら》んでくる。

「そんな感じだ」

早乙女には不要の言葉だったたか、と思わず吹き出した高沢を前に、早乙女が息を呑んだ。

「え？」

みるみるうちに赤くなっていく早乙女の顔を、呆然《ぼうぜん》としつつ見ていた高沢だったが、渡辺に、

「わかりました……」

と細い声で答えられ、彼へと視線を向けた。

「俺も気をつけますんで、高沢さんもどうか、必要以上に丁寧に対応しないよう、お願いします」

「わかり……わかった」

わかりました、と答えようとし、途中で口調を変える。

年齢もかなり下であるし、早乙女の前で丁寧語を使われるのは困るという気持ちもわかったので、高沢は渡辺への態度を早乙女と同等にしようと決めたのだった。

「なんでえ、二人で見つめ合いやがって」

見つめ合ったのが癪《しゃく》に障《さわ》ったのか、早乙女が不機嫌そうな声を出し、じろりと二人を睨む。

「まあ、仲良くやろう。当面はこの三人だ」

高沢の言葉に渡辺は「はい」と頷いたが、早乙女は即答せず、何か言いたげな顔を伏せた。

「どうした?」

言いたいことをため込むとはらしくない。問いかけた高沢に早乙女は、

「いやあ……」

と尚も言いよどんだが、高沢が眉《まゆ》を顰《ひそ》めると、

「なんかよう」

と渋々口を開いた。

「本当に三室所長が退院するまであんたが代理を務めるんだったらよ、さっきも言ったが期間はひと月やふた月じゃきかねえだろ？」

「教官の容態にもよるだろうが、長引く可能性もあるな」

一日も早く回復してもらいたいが、と溜め息を漏らした高沢だったが、続く早乙女の言葉を聞き、彼が何を気にしているのかをようやく察したのだった。

「そんなに長い間、組長はあんたを自分の傍から離しておいて、平気なのかと、それが気になってよ」

「…………」

平気だからこそ、代理に任命したのだろう。改めて櫻内の思考を思い知らされ、高沢は言葉を失っていた。

自分が思いの外、ショックを受けていることにまた、ショックを受ける。黙り込んだ高沢に尚も衝撃を与えるような言葉を、本人、そのつもりはないのだろうが、早乙女は次々発していった。

「前は毎晩、あんたを寝室に呼んでたが、昨日《きのう》も一昨日《おととい》も呼ばなかったろ。若頭補佐が出所してから、組長の気持ちは全部、そっちにもっていかれちまってるんじゃねえかと、俺は心配で仕方ねえんだよ」

「……それは仕方ないいんじゃないか？」

答える自分の声が、なんとも上滑《うわすべ》りな調子に聞こえる。そんな意図はないはずなのに、と高沢は軽く咳払《せきばら》いをすると、今度は意図的にきっぱりとこう言い切った。

「古い付き合いなんだろう？　二人して名前で呼び合うほどの」

「あんたさあ、心配じゃねえのか？」

やきもきとしているのを隠そうともせず、早乙女が苛立《いらだ》った声を出す。

「心配……」

何を、と問わずとも、自分が何を心配すべきであるかくらいは、鈍感と自覚している高沢ですらよくわかっていた。

実際、心配しているかと自身の胸に問いかける。

していない、と言えば嘘《うそ》になった。だが、したところで仕方がないという思考もまた、嘘ではなかった。

またも黙り込んだ高沢の態度を早乙女は、『心配していない』ととったようで、信じられない、と言いたげに目を見開いた。

「あんた、鈍すぎるだろ。若頭補佐の美人っぷりを見ても、何も思うところはないのかよ？」

「美形だとは思う」

「それだけか？　組長の隣にいて絵になるのは自分よりあっちだとか、そういうことも考えねえか？」

「早乙女さん」

呆《あき》れたせいだろう。ずばずばと、普通なら言いにくいであろうことを切り出す早乙女の言葉を聞いていられなくなったのは、高沢ではなく渡辺だった。

おずおずとではあったが、渡辺が口を挟んでくれたおかげで、早乙女は自分が言い過ぎたと察したようだった。

「……た、確かに絵にもなるし、仲もいいが、あの二人はそういう関係には見えねえ。うん、そりゃ間違《まちげ》えねえからよ」

フォローしようというのか、早乙女は饒舌《じょうぜつ》だった。

「だいたい、組長と若頭補佐が恋人同士なんて、組員たちに示しがつかねえだろ。いくらお似合いっつっても、そりゃねえよ。なあ、渡辺」

「…………はい…………」

渡辺が高沢を気にしつつ頷く。『絵になる』だの『お似合い』だの、気遣うつもりはあれど、結果として高沢にとって無神経な言葉を口にしているのを案じてくれているのだろう。

高沢はそう察し、そんな気遣いは不要だと笑おうとしたが、頬《ほお》は笑みに緩むより前に固まってしまった。

「どうしたよ」

強張《こわば》る顔を見られたくなくて俯《うつむ》いた高沢に、早乙女が問いかけてくる。

「なんでもない」

俯いたまま高沢は短く答えると、

「せっかく来たんだ、銃でも撃とう」

すっと顔を背けてそう告げ、練習場に向かい先に立って歩き始めた。


渡辺が、銃を持つのは初めてだというので、自然と高沢は彼にかかりきりとなった。

早乙女はもとより射撃が苦手な上、高沢に少しもかまってもらえなかったためにすぐに飽きてしまったようで、

「風呂でも入ってくらあ」

と早々に練習場を出てしまった。

渡辺は兄貴分の早乙女に気を遣ったらしく、

「もうやめます」

と銃を置いたものの、未練があることは人の心を読むことにかけては相当鈍感であるという自覚を持つ高沢をしても見てとれて、

「早乙女はあとから俺がフォローするから」

大丈夫だ、と渡辺に再び銃を持たせてやった。

渡辺は何をやらせても小器用な男だったが、射撃もまた器用にこなし、あっという間にかなりの確度で的を撃ち抜けるようになった。

「初めてにしては上出来だ」

すごいな、と高沢が感心してみせると、

「いえ、そんな」

と渡辺は酷《ひど》く恐縮しつつも、嬉《うれ》しそうな様子だった。

「練習すればすぐに上達するだろう」

「あの、明日も見てもらえますか」

謙遜《けんそん》する必要はない、と言葉をかけた高沢に、渡辺がおずおずと問うてくる。

「勿論《もちろん》」

折角練習場にいるのだ。練習しないで何をする、と高沢は思わず笑ってしまった。

「……あ……」

渡辺が小さく声を漏らしたかと思うと、みるみるうちに彼の整った顔が赤く染まっていく。

「?」

どうした、と高沢は不思議に思い、渡辺の赤い顔をまじまじと見つめてしまった。

「あの、いえ、その……」

動揺しながらも渡辺は、何かを誤魔化そうとしたようで、

「あの！　高沢さんの撃つところ、もう一度見せてもらっていいですかっ」

と大きな声を上げた。

「別にいいが？」

何を誤魔化そうとしたのかはわからなかったものの、高沢は渡辺の手から拳銃《けんじゅう》を受け取り、的へと向けた。

ダァァァン
一発撃ってから、手元のリモコンを操作し、的を引き寄せる。

「凄《すご》い。ど真ん中だ」

渡辺が心底感心した声を上げ、的をまじまじと見つめる。

「高沢さん、オリンピック選手の候補になったんですもんね」

「昔の話だよ。指導者がよかったんだ」

もともと射撃は好きで得意としていたが、上達したのは当時教官として指導してくれた三室のおかげだ、と高沢は懐かしくそのことを思い出した。

同時に、三室の意識は戻っているだろうか、とＩＣＵで見た彼の、傷だらけの姿を思い起こしていた高沢に、渡辺がまたおずおずとした様子で問いかけてくる。

「指導者って、もしかして三室所長ですか？」

「ああ。ここでの評判もよかっただろう?」

三室は自身の銃の腕も相当なものだったが、指導者としても一流だった。

彼の指導のおかげでどれだけの数の警察官が射撃の腕を上げたことだろう。そう思うがゆえに高沢は渡辺に問いかけたのだが、対する彼の反応は高沢の思っていたものとは違っていた。

「はい……多分……」

同意してみせながらも、何か言いたげな様子であることが気になり、高沢は改めて渡辺に問いを発した。

「評判はよくなかったのか?」

「いえ、そんなことはありません。優秀な教官だとは聞いています。ただ……」

慌てて喋《しゃべ》り始めた渡辺は、言い過ぎた、というように口を閉ざした。

「ただ?」

だが高沢が促すと、渡辺は少しの間だけ迷ってから、ぼそり、とこう言い足した。

「組長には睨まれていると……その、高沢さんが休みのたびに奥多摩に向かうからと……」

「…………そう…………か」

組員たちの間でそんな噂が立っていたのか、と知らされ、高沢は声を失った。

「あの……すみません」

渡辺が申し訳なさそうに頭を下げる。

「いや、気にするな。聞きたがったのは俺だ」

お前が気にやむことではない。微笑《ほほえ》んだ高沢を前に、また、渡辺の顔が赤くなる。

「あの……っ」

渡辺が随分と思い詰めた声を上げたそのとき、

「おい、何やってんだよ」

背後から早乙女の、どうやら酔っぱらっているらしいダミ声が響き、高沢も、そして渡辺も驚いて声のほうを振り返った。

「渡辺、飯作れ、飯」

腹減っただろうが、とがなり立てる早乙女の手には缶ビールが握られていた。

「お前はそのために来たんだろうがっ」

「す、すみません、兄貴」

渡辺が慌てた様子で、早乙女に謝りつつ練習場を駆け出していった。

「まったくよう」

ぶつくさ言いながら、早乙女がちらと高沢を見やる。

「あんたもさあ、少しは自覚持てよ。組長の愛人だっていうさあ」

「？」

意味がわからない、と高沢が首を傾《かし》げると、

「ああ、もう、うぜえな」

と早乙女は真っ赤になりつつもそう吐き捨て、

「行こうぜ」

と高沢に背を向けた。

「銃をしまわなければ」

高沢がそう言うと「仕方ねえなあ」と文句を言いながらも、銃の格納と施錠、それに練習場の掃除を手伝ってくれた。

「家事担当は渡辺なのか？」

高沢が問うと早乙女は、

「おうよ」

と大きく頷いてみせた。

「あんた、料理できねえだろ？」

「お前は？」

できるのか、と聞くと早乙女は、

「できるさ」

やらねえだけで、と憤然と言い捨て、言いぶりからして『できる』とはいえないレベルな

のだなと高沢は察し、思わず苦笑した。

「笑うなよ」

早乙女の顔がみるみるうちに真っ赤になっていく。

「酔ったのか?」

『笑うな』という要請は、いかにも酔っぱらいの戯《ざ》れ言《ごと》っぽい。絡まれたのかと思いつつ高沢が問うと、

「酔ってねえよ」

と早乙女は答えたものの、酔っぱらいが『酔っている』と言うことはなかろう、と高沢はまた、苦笑した。

「だから笑うなって」

ますます赤い顔になり、大声を上げた早乙女を黙らせたくもあり、高沢が逆に問いかける。

「渡辺が家事担当なら、お前は何担当なんだ?」

「それは……」

問うたときには高沢は、早乙女の答えをこう予測していた。

『あんた一人じゃ頼りねえからに決まってんだろ』

そう言い、胸を張るはずだった早乙女が、あからさまに困った顔になり、ぽりぽりとこめかみのあたりをかく。

「どうした?」

言いよどむ理由がわからない。それで問いかけた高沢に早乙女は、

「俺もよう」

と、尚も言いづらそうにしながら口を開いた。

「よくわからねえんだよな」

「何が?」

問い返してから、指名された理由がか、と気づき、そう言おうとした高沢の予想をまたも早乙女は裏切った。

「なんつーか、俺、一時《いっとき》組長に睨まれていたじゃねえか」

「そうなのか?」

まったく気づかなかった、と目を見開いた高沢に早乙女は、

「あのときだよ」

と、ますます言いづらそうにしつつ、ちらと高沢を見やった。

「『あのとき』?」

いつだかまるで心当たりがなく、問い返した高沢は、

「だからっ」

と早乙女に言い返され、そんなこともあったか、と記憶を辿《たど》った。

「香港から戻ったあとだよ。生きて帰ったらあんたを抱かせてほしいって言った……忘れたのか？」

「いや、忘れてない」

櫻内に瀕死《ひんし》の重傷を負わせた香港マフィア、趙《チョウ》の命《タマ》を奪う鉄砲玉に指名された早乙女は、死を覚悟したために高沢に対し『死ぬ前に抱かせてくれ』と頼んだことがあった。

結局、櫻内の『瀕死の重傷』は組内の裏切り者を燻《いぶ》り出すための策略であり、結果として趙の組織を壊滅寸前まで追いやることができたのだが、その後、早乙女と高沢以外に知り得ない『抱かせてくれ』発言に、どうやら櫻内は気づいているらしい、と、早乙女が酷く気にしていたことを高沢はようやく思い出した。

高沢に対する櫻内の態度はまったく変化がないため、早乙女にそう言われても、別に感じないが、としか答えようがなかった。

それをなぜ今、蒸し返すのかと首を傾げた高沢に、

「……なんでわかんねえかなあ」

やれやれ、と溜め息を漏らし、早乙女が回答を口にした。

「組長は俺があんたにその……惚《ほ》れてるって知ってるのによ、俺とあんたを一つ屋根の下において、平気なのかと思ってよ」

「……ああ……」

そういうことか、と納得したと同時に、まさか、と早乙女を見る。

「お、俺は別に、あんたをどうこうしようとかはもう、思ってねえぜ」

高沢が視線を向けた意味を早乙女は正確に察したようで、慌てた様子で首を横に振ってみせた。

「だ、だから、風呂だって先に入ったしよ、渡辺だって一緒には入らせねえ」

「渡辺は別に案ずることはないいんじゃないか？」

下心のようなものは感じない、と高沢が首を傾げると、

「わかってねえなあ」

またも早乙女は呆れた声を上げ、肩を竦《すく》めてみせた。

「あの野郎、銃の稽古にかこつけてあんたを二時間も独占したんだぜ。下心、ミエミエだろうがよ」

「……お前も銃を教えてほしければ二時間でも三時間でも付き合うが」

「それはいいや」

高沢の誘いを早乙女はあっさりと断ると、

「あいつ顔、赤くしてんだろ？」

と逆に高沢の顔を覗き込む。

「いや？」

即座に否定したものの、そういえば渡辺が赤い顔をしていたなと高沢は思い出した。

しかしそれが早乙女の言う『下心』の表れとはとても信じがたく、高沢は改めて、

「それはないと思うぞ」

と早乙女に笑ってみせた。

「……っ」

その笑顔を見て早乙女が、うっと息を呑んだかと思うとみるみる顔を赤くしていく。

高沢本人にはまったく自覚がないのだが、普段ほとんど表情の変化を見せない彼の顔が笑みにほころぶとき、たいていの人間がその笑顔に目を奪われるのである。

えもいわれぬ魅力を秘めた彼の笑顔は、関東一円を治める極道の長の心を始め、さまざまな男性女性を動揺させてきた。

「なんだ?」

無自覚ゆえの魅力——ではあるのだが、その魅力を向けられる相手はたまったものではない。

「話はしまいだ。ほら、飯、行くぜ」

早乙女が赤い顔のまま乱暴に言い捨て、くるりと踵《きびす》を返す。

「?」

何を怒っているのか、まるで理解できずにいたものの、高沢もまたあとに続く。

「本当に組長は何を考えてるんだろうな」

照れ隠しなのか、早乙女がそう告げるのに、答えようがなかったため無言を貫いた高沢だったが、彼の胸にもその疑問は色濃く残り、酷く落ち着かない気持ちに追いやられていった。

6

渡辺は本当に何をやらせても器用な男で、彼が用意した食事は高級旅館の夕食と遜色《そんしょく》ないものだった。

「凄いな」

高沢が感心してみせると、なぜか早乙女が、

「な？　すげえだろ？」

と賛美の言葉を受け取り、自分の手柄のように胸を張ってみせた。

「玄人《くろうと》裸足《はだし》なのは和食だけじゃねえぜ。洋食も相当なモンだ。そうだ、明日は洋食にしてやるからよ」

「洋食も作れるのか」

へえ、とますます感心する高沢に対し、渡辺は慌てた様子でぶんぶんと首を横に振り、否定してみせた。

「『作れる』なんてレベルじゃありません。見よう見まねで覚えたんで、今日のもお口に合えばいいんですが……」

「その心配はねえだろ。味とかわかるタイプじゃないからよ」

自分が言おうとしたことではあったが、早乙女に先に言われ、高沢は思わず苦笑した。

その笑顔を見て、早乙女と渡辺が二人して、はっと息を呑んだあとに互いに顔を見合わせる。

「く、食おうぜ」

「は、はい」

ぎこちない沈黙に高沢が眉を顰めたと同時に、二人してあわあわした様子で箸《はし》を取り上げ、食事を始めた。

「?」

わけがわからないと思いつつも高沢もまた食事にかかる。

謙遜の必要がないほど、渡辺の料理は美味だった。早乙女が言ったとおり、高沢はあまり食に拘《こだわ》りがあるタイプではない。だが、櫻内と共に食事をとることが多いために、自身の好みはともかく舌が肥えてきつつあり、何が美味で何がそうでもないのかという区別がつくようになっていた。

渡辺の料理は文句なく美味だった。見よう見まねと言っていたが、料亭ででも働いていたのか、と、興味を覚え渡辺に問いかける。

「料理の修業はどこでした?」

「してません。ほんとに……」

渡辺は即座に否定したものの、すぐ、

「ただ……」

と言葉を足そうとした。

「ただ？」

「もったいぶんなよ」

問いかけた高沢の声と早乙女の怒声が重なって響く。

「あ、すみません。ええとその、母の……相手が、その、板前でして、よく料理をしてたのでそれを見よう見まねで……」

「母の相手？　ああ、親父じゃねえってことか」

渡辺自身、非常に言いづらそうにしていたのを、代わりにとばかりに早乙女がばっさり斬《き》って捨てる。

「それで料亭のメシみたいなのが作れんだな。洋食は誰に教わったんだ？　そいつにか？」

「はい。俺の母親がまったく料理ができなかったもんで」

「料理のできねえ女にはできる男がつくってか。適材適所、だな」

早乙女がうまいことを言った、というような得意げな笑い声を上げる。

「そうですね」

渡辺もまた微笑んでいるのを見て高沢は、一見無神経にも見えるが、この場合早乙女のような接し方をするのが正解だったのだなと密かに心の中で頷いた。

早乙女が意識してやっているのか、はたまた本当に『無神経』であるのか、どちらともいえない。

おそらく後者だろうとは思うのだが、さもなんでもないことのように流されたことが逆に渡辺にとっては救いとなったのだろう。

そういや櫻内との関係が始まった頃、犯された自分に早乙女は、それは無神経な言葉をかけてきたものだった。

普通は触れないだろうという話題を持ち出すあたり——たとえば、犯された当人に『犯されるってどういう気持ちだよ?』とストレートに問う、などの——無神経としかいいようがないのだが、不思議と早乙女に問われると腹が立たなかった。

得難いキャラクターだな、と早乙女を頼もしく思うと同時に、渡辺が思いの外、複雑な育ちをしていることを初めて知った、と高沢は、こっそり渡辺の端整な顔を窺《うかが》い見た。

ヤクザの事務所ではなくアイドル事務所に入ったほうが本人の適性にはあっているのでは、と万人が思うであろう綺麗《きれい》な顔をしている。

どうしてヤクザになろうと思ったのか。その理由を聞いてみたいという考えが一瞬高沢の頭を過《よぎ》ったが、やめておこう、とすぐに思い直した。

自分は早乙女のような『得難いキャラクター』ではないと思い出したためである。

食事の最中も——否、始まる前から早乙女はビールを飲んでいた。高沢にもしつこく勧めてきたが、新たな攻撃が仕掛けられる可能性はゼロではないと思うと高沢はとても酒を飲む気にはなれず断り倒した。

「真面目だなあ」

もう来ねえよ、と早乙女は文句を言ったが、あまりに根拠がないために無理強《じ》いはできないと思ったらしく、一人でビールの缶をいくつもあけていた。

渡辺は早乙女の誘いを断りきれずに二、三缶飲んでいたが、もともと酒に強いのか顔色はそう変わらなかった。

食事が終わると高沢は練習場の見回りに向かい、早乙女がそれに従った。渡辺に食事の後片づけを任せたからだったが、酔っぱらっている早乙女は普段にも増して何事をも面倒がり、

「もう、いいから戻ろうぜ」

と何度となく声をかけてきては、高沢に、やれやれ、と溜め息をつかせたのだった。

練習場の中枢には管理室があり、練習場の内外に設置された監視カメラの映像や、警備システムで監視できる。

モニターを念入りにチェックしたものの、危機感に訴えてくるようなものはないか、と高沢は納得し、離れへと戻ることにした。

高級旅館そのままのたたずまいを見せる離れでは渡辺がすでに後片付けを終えており、高沢に風呂を勧めてきた。

「一緒に入ろう」

練習場の風呂は露天もついた見事な、そして広々としたものだったので、そう誘うと、渡辺が恐縮するより前に早乙女が、

「だからそれは駄目って言ってんだろうが」

と吠えてきた。

「『駄目』の理由がわからない」

男同士だろうに、と呆れる高沢に、

「男でもあんた、組長の愛人だろうがよ」

と、高沢以上に呆れてみせる。

「それが？」

なぜ理由になるのかわからない。眉を顰めると早乙女は、

「だからぁっ」

と酔っぱらい特有の大きな声を張り上げた。

「一緒に風呂に入ったなんて組長に知れたら、俺らが殺されるっつーの」

「そんな馬鹿な」

高沢が思わず笑ってしまったところで、不意に早乙女の携帯の着信音が室内に響きわたった。

「なんだよ」

ぶつくさいいながらも「はい、早乙女」と応対に出た直後、彼はいきなり姿勢を正した。

「は、はいっ！　了解ですっ！」

直立不動となり返事をした早乙女はすぐに電話を切ると、何事だ、とその様子を見守っていた高沢と渡辺に向かい大声を出した。

「これから組長が来るってよ！　二十分以内に到着するだと！」

「ええっ？」

「ど、どうしましょう」

渡辺もまた仰天した声を上げたあとに、

と高沢と早乙女、かわるがわるに見やった。

「どうしましょうって、何がどうしましょうだよ」

対する早乙女もすっかり気が動転しているらしく、声が裏返っている。

「視察に来るんだろう。警備システムを止める必要があるな。俺は練習場に向かう」

あわあわする二人を前にしたおかげで、逆に高沢は冷静になることができた。

「組長は一人か？」

「わ、わからねえ」

早乙女に問うと、情けない顔で項垂《うなだ》れる。

「泊まるのか？」

「それも聞いてねえ」

「あの……お食事は…………」

おずおずと渡辺もまた、早乙女に問いかける。だが、あの電話の短さを思うと確認はできていまい、と高沢は早乙女が答えるより前に、

「食べると言われたときにすぐ対応できるよう、準備しておいてくれ」

と言い残し、練習場へと向かって歩きはじめた。

「お、おい」

早乙女が慌てた様子であとを追ってくる。

「こっちは俺一人で大丈夫だ。他に準備がいるようなことがあったら頼む」

他の準備といってもさっぱり見当はつかないが、と思いながらも指示を出すと、

「わ、わかったぜ」

早乙女は大真面目な顔で頷き、正面玄関へと向かって走っていった。

気が早いがどうやらもう、迎えに行ったようだ。二十分、玄関前で立っているつもりだろうかとその後ろ姿を見送ってから高沢は、先ほど訪れたばかりの管理室へと向かい、モニタ

ーを眺めはじめた。

櫻内の車を確認したら、すぐさま警備システムが問題なく通行を許可する車に登録されているかをチェックする必要がある。

操作卓でシステムを扱いながらも高沢は自身が堪《こら》えきれない高揚を覚えていることを、いやというほど自覚していた。

やがて早乙女から車の連絡が入り、システムをチェックして問題ないことを確認した。

渡辺からも食事も酒も準備を終えたと報告があった。

そうこうしているうちに櫻内の車が監視カメラに映り、高沢は渡辺を警護のために管理室に残すと、早乙女と二人、車寄せで櫻内を迎えた。

櫻内は運転手の神部《かんべ》以外、誰も連れていなかった。

「どうだ、様子は」

車を降りたと同時に、笑顔で高沢に問うてくる。

「今のところは何も」

新たな攻撃はない。そう答える高沢に「そうか」と頷くと櫻内はさっさと玄関へと向かっていった。

あとに慌てた様子で早乙女が続く。

「綺麗に直ったものだな」

ぐるりと周囲を見回し、櫻内は満足そうに頷いた。

「びっくりした。すぐに直るものなのか」

高沢の言葉に櫻内は、

「やろうと思えば」

とだけ答えると、早乙女へと視線を向けた。

「風呂は？」

「準備できています」

直立不動になり早乙女が答える。

「そうか」

またも櫻内は満足げに頷くと、視線を高沢へと戻した。

「入るぞ」

「え？」

意味がわからず戸惑った声を上げた高沢に、横から早乙女が泡を食った様子で囁《ささや》いてきた。

「何してんだよ、一緒に入ろうって誘われたんだろうが」

「……ああ……」

そういうことか、と納得し、頷いた高沢を見て、櫻内が苦笑し、早乙女がまったくもう、といった顔になる。

「あの組長、お食事は……」

離れへと真っ直ぐに向かっていく櫻内に早乙女がおずおずと問いかける。

「すませてきた。が、酒はほしいな」

「かしこまりました。お部屋にご用意いたします」

早乙女が丁寧に頭を下げ、足を止める。不意の動作に、おかげで高沢は彼の背に突き当たりそうになった。

「失礼しました」

早乙女は詫びたものの、目では、さっさと櫻内に続け、と促してきた。櫻内の手前、高沢に対しても慇懃に接しているのだが、不自然きわまりない、と心の中で呟《つぶや》くと高沢は、

「すみません」

と、彼もまた丁寧に返しつつ、早乙女の前を通過し櫻内に続いた。


「ああ、そうだ」

脱衣所で服を脱ぎながら、櫻内が思い出したように高沢に声をかける。

「三室の意識が戻ったぞ」

「えっ」

高沢もまた服を脱ぎかけていたのだが、それを聞き思わず櫻内に駆け寄った。

「容態は？」

「いいわけがないだろう」

櫻内が少し離れた所で不機嫌そうに言い捨て、ぱっぱと服を脱ぎ捨てていく。

「入るぞ」

あっという間に全裸になった彼が先に浴室へと向かう。と、脱衣所の戸が開き、早乙女が顔を出した。

「早く入れって。浴衣《ゆかた》の準備はコッチでしとくから」

どうやら彼は脱衣所の外で聞き耳を立てていたらしい。小声で高沢を促すと、櫻内の脱衣かごを抱え、再び戸から飛び出していった。

早乙女に急かされたからではなく、三室の話が聞きたくて高沢は急いで服を脱ぎ、浴室へと向かった。櫻内の姿はなく、露天風呂に向かったらしいとわかると高沢もまたざっと身体《からだ》を流してから露天に続くガラスのドアを開いた。

「きたか」

櫻内が高沢を振り返り微笑みかける。

「お前が聞きたい話は風呂をあがってからだ」

高沢が問うより前に櫻内は彼の口を封じると、

「来い」

湯の中からすっと手を出し、高沢に差し伸べてきた。

「…………」

櫻内は高沢の、三室に対する尊敬心を快く思っていない。彼は高沢が特定の相手に対し、いかなる感情をも抱くことを酷く嫌うのだった。

恋愛感情でなくとも、たとえそれが憎しみであったとしても、特別な感情を抱くということはその相手が高沢にとっては特別な存在であるとでも思っているらしい。

高沢がそのことに気づいたのは、ごく最近になってからだった。察するまではなぜ櫻内がそうも、自分が射撃練習場に通うことをいやがるのか、少しも理解できなかったのである。

三室を心配する気持ちには、言うまでもなく恋愛感情などひとかけらも含まれていない。それでも『心配する』という行為自体が、癇に障るのだろう。

ここは言われたとおり、風呂からあがってから尋ねることにしようと高沢はいつになく素直に心を決めると、櫻内に導かれるがまま露天風呂に浸《つ》かり、彼の隣へと身体を沈めた。

「風が気持ちいい」

櫻内が呟くようにしてそう言い、高沢の肩を抱いてくる。

普段の高沢であれば、もしや風呂の中で不埒《ふらち》な振る舞いをする気か、と身構えただろうが、今宵《こよい》の彼は少し違った。

同じ思考を辿りはしたが、身構えるのではなく彼はそれを待ち侘《わ》びていた。

まだ求められている――安堵《あんど》が彼の胸に溢《あふ》れ、請われるがままに櫻内の胸に身体を寄せる。

「どうした、今日はやけに素直だな」

櫻内が揶揄してきたのに高沢は、なんと答えようかと考えた後、

「……はい」

とただ頷いた。

「自分でも認めるか」

あはは、と櫻内が高く笑い、肩を抱いていないほうの手を湯の中で動かす。

櫻内は高沢の手を握ると、自身の雄へと導いた。

「欲しいか」

ボコボコとした形状のそれを握らせながら櫻内が高沢の顔を覗き込み、問いかける。

櫻内の雄はすでに勃起しかけていた。手の中に感じる、湯の温度よりも熱いその感触と質感に、高沢は思わず、ごくりと唾《つば》を飲み込んでしまっていた。

「欲しいか？」

それを聞き、再び同じ問いを発する櫻内の声に笑いが滲《にじ》む。

「………はい」

頷いてから高沢は、櫻内が驚いた表情を浮かべたのを見て、改めて羞恥《しゅうち》に見舞われた。

「一体どうした？　素直すぎて気持ちが悪いぞ」

あはは、とまたも楽しげに笑うと櫻内は、恥ずかしさから櫻内の雄を離し背を向けようとした高沢の腕を摑み、己のほうへと引き寄せた。

自身の上に跨《また》がせるようにして座らせると、腰を両手で支え、頭のところに高沢の胸がくるところまで身体を持ち上げる。

「湯当たりするには早いだろうに」

くすくす笑いながら櫻内が高沢の胸に顔を埋《うず》め、乳首を口に含んだ。湯の中、膝《ひざ》で立つような形となった高沢の背をしっかりと支えながら、櫻内が胸を舐《ねぶ》り始める。

「ん……っ……んん……っ」

ざらりとした舌の感触を乳首に得た途端、自身の身体に欲情の焔《ほむら》が立ち上るのを高沢は感じた。

ちゅう、と吸い上げられたあとに、軽く歯を立てられる。痛痒《いたがゆ》いような刺激に堪《たま》らず腰を捩《よじ》ると、櫻内の手が腰から外れ、尻《しり》へと伸びてきた。

片手で高沢の身体を支えてくれながら、もう片方の手で尻を摑《つか》むと、指をぐっとそこへと挿入させる。

「あぁっ」

堪らず仰《の》け反《ぞ》る背をしっかりと支えつつ、櫻内が乱暴とも言える所作で高沢の中を、その繊細な指でかき回す。

同時に、コリッと音が立つほど強く乳首を嚙《か》まれ、高沢の頭の中に閃光《せんこう》が走った。

「あっ……あぁっ……あっあっあっ」

櫻内が指を動かすたび、湯が後孔《こうこう》へと入るのを感じ、その気持ちの悪いようないいような感覚にますます高沢の腰が捩れる。

じぃん、と痺《しび》れる乳首を嚙まれ、舐られ、舌先でつつかれと絶え間なく攻められるうちに、高沢の両手はいつしか櫻内の頭を包み、ぐっと己の方へと引き寄せていた。

「これじゃ動けない」

櫻内に笑われ、初めてそれに気づいた高沢は、動揺したあまり身体を離そうとし、勢い余って後ろに倒れ込みそうになった。

「危ない」

櫻内が背を支えてくれると同時に、後ろに挿入されていた指でぐっと奥底を抉《えぐ》られる。

「くぅっ」

大きく仰け反った背を支える手に力を込めつつ、櫻内が高沢に囁いた。

「挿《い》れてほしいか」

「…………っ」

ほしい。欲情が高沢を突き動かし、羞恥を感じるより前に、コクコクと首が縦に振られていた。

「本当に今日は素直だな」

櫻内が満足そうに笑った直後、腰を抱かれ立ち上がらされた。そのまま身体の向きを変えさせられ、縁がわりの岩に手をつかされる。

「行くぞ」

櫻内がそう声をかけたと同時に、熱い塊が後ろに押し当てられた。

自身の後ろがそれを待ち侘びていたかのようにひくつき、腰が突き出る。

くす、と背後で笑われ、高沢はまたも自分のあからさますぎる振る舞いを恥じたが、ずぶりと櫻内の雄が挿入されてきたときにはもう、羞恥は夜空の彼方《かなた》へと消え失《う》せていた。

「あっ……はぁっ……あっ……あっ……」

一気に奥まで貫かれたあとに激しい突き上げが始まった。

櫻内に言われたとおり『まだ湯当たりするには早い』状態だというのに、高沢の頭にはすっかり血が上り、思考力はほぼゼロとなっていた。

接合を深めようと自ら腰を突き出す。そんな動きも、もし高沢に理性が働いていたとしたら、羞恥のあまり頭を抱えていたに違いなかった。

櫻内が自分を求めてくれるのが嬉しくて堪らない。嬉しいという感情が何に根ざしたものか、意識してはいなかったが、深層心理ではおそらく、これ、という理由を抱いていた。

高沢は——不安だった。自分で手を挙げたことではあるが、この射撃練習場の管理人となることに、櫻内がまったく異議を申し立てなかったのを、自覚している以上に高沢は気にしてしまっていた。

若頭補佐だからと風間は慰留された。なのに自分は二つ返事で許された。

傍においておきたいのは風間であって自分ではない——そう思い知らされたことにどれだけ自分がショックを受けたか、快楽に意識を飛ばしそうになる最中《さなか》今更のように高沢は自覚した。

欲情に呑み込まれつつも、セックスに愛を見いだそうとし、肩越しに櫻内を振り返る。

「ん？」

優雅に微笑む櫻内の美しい顔には、思い込みかもしれないながらも、確かに何かしらの思いがあるように感じ、高沢の胸は熱く滾《たぎ》った。

その思いが『愛』であればいい。焦がれるほど切望する理由が、今こそわかりそうな気がする。

「あぁっ」

だがそのとき櫻内の律動のスピードが一段と上がったために高沢の思考はそこで途切れ、あとはただただその意識を快感に支配されてしまったのだった。

風呂で二回達したあと、部屋へと戻ってからもまた、高沢は櫻内に抱かれた。

部屋には渡辺が酒と肴《さかな》の準備をしていたのだが、櫻内にとっての興味の対象はそれより高沢にあったようで、二つぴっちり並べて敷かれた布団の上で高沢はこれでもかというほど身体を貪《むさぼ》られ、最後には失神してしまったようだった。

意識が戻ったとき、櫻内は高沢に背を向け一人酒を飲んでいた。

「お前も飲むか」

目覚めた途端に問いかけられ、背中に目でもついているのか、と驚きながらも高沢は、酒より水が飲みたいと起き上がり櫻内の近くまで膝でにじり寄った。

「ほら」

櫻内が高沢にグラスを差し出す。どうやら水のようだ、と受け取り飲み干した高沢の口から満足げな息が漏れたのは、からからに渇いた喉《のど》を潤す水が酷く美味に感じられたためだった。

「美味《うま》いか」

櫻内が黒曜石のごとき美しい瞳を細めて微笑みかけてくる。

ああ、と頷き、その微笑みに誘われ櫻内へと身体を預けようとしたそのとき、

「ああ、忘れていた」

櫻内が高沢の肩を抱き寄せながら、何かを思い出した声を上げた。

「三室の容態だったな。命に別状はない……が、少々気になることはある」

「気になること？」

問いながらも高沢は、自分も今の今まで三室の容態について尋ねねばならないことを忘れていたと気づき、愕然《がくぜん》としていた。

セックスに溺《おぼ》れている場合ではなかった。ＩＣＵにいる三室は生死の境をさまよっていたのだ。一刻も早く容態を知りたいはずではないのか。

自己嫌悪に陥っていた高沢だったが、櫻内の言う『気になること』はそれこそ気になり、一体なんだ、と問いかけた。

「襲撃してきた男たちは中国語で会話をしていたそうだ。一人でもいいから捕らえて素性を探ろうとしたが、捕らえられると皆自ら命を断ったということだった」

止める間もなかったらしい、と言葉を続けた櫻内に高沢は、

「徹底しているな」

という相槌《あいづち》を打った。

「しすぎている」

櫻内もまた高沢に向かい頷いてみせる。

「……趙……か？」

因縁のある香港マフィアの名を高沢が告げると櫻内は、

「どうだろうな」

と肩を竦めた。

「俺の集めた情報では、趙は未だ日本侵略を考えられるまでに至ってはいないということだった……が、実際のところはわからないからな」

「……だが、他に中国マフィアの心当たりはないんだろう？」

高沢の問いに櫻内が、

「どうだかな」

と苦笑してみせる。

「何が起こるかわからない。今はそういう時代だからな」

「新興勢力が日本に上陸したと……？」

櫻内の言いたいことはそれだろうか、と高沢が問うと、なぜか櫻内は苦笑し、手にしていた酒のグラスを一気に呷《あお》った。

「可能性としては低い。が、用心に越したことはない」

空のグラスに自ら酒を注《つ》ぎ足しながら、櫻内が歌うような口調でそう告げる。

「用心……」

「明日にはここに五名の組員を配置する。管理室は常に有人にしておけ。武器庫を襲われたら防御するより前に武器庫ごと吹っ飛ばせ。いいな」

具体的な方法を思いつかずにいた高沢に、櫻内が淡々と指示を与える。

「五名もか？」

「少ないくらいだ」

驚く高沢に櫻内は尚も淡々と告げると最後に一言、指示を与えた。

「命を粗末にするな。銃などいくらでも買えるが命は買えない。わかったな」

「…………本当に手に馴染《なじ》む銃は、かわりがきかないものだ」

そんなことを言いたいわけではない。伝えたいのはもっと違う言葉のはずなのに、と思いながら告げた高沢に櫻内は、

「それがここの武器庫にないことを祈るよ」

と苦笑し、自ら注いだ酒を一気に呷った。

「…………」

櫻内が何を思い、今の言葉を告げたのか。その意図を探ろうと思わず彼の顔を覗き込む。

『お前の命は何ものにも代えがたい』

そう、思ってもいいのだろうか。

それは単なる己の願望か――?

願望、という可能性のほうが高いか、と思わず漏れそうになる溜め息を、水と共に飲み下しながら高沢は、今更のように櫻内が手酌で酒を注いでいることに気づき、

「俺が」

と慌てて手を出したことで、当の櫻内に失笑されたのだった。

7

高沢は櫻内が射撃練習場に宿泊するものだとばかり思っていた。なのに彼が一向に布団に入る気配がないので、その理由を問おうと、

「あの」

と酒を飲む櫻内に声をかけた。

「なんだ?」

櫻内が上機嫌な様子で問い返してくる。

「今夜は泊まるんだよな?」

イエスの答えのみを予測し問いかける。

「いや」

だが櫻内の答えは『ノー』だった。

「泊まりたいのはやまやまだが、明日、朝一で向かう先があるからな」

「……そうか……」

まさかの拒絶に高沢の相槌は酷く胡乱《うろん》なものになってしまった。

それに気づいているのかいないのか、櫻内が高沢を揶揄《やゆ》してくる。

「泊まってほしいか？　本当に今日は気持ちが悪いくらいに素直だな」

「別にそんなこと、思っちゃいない」

からかわれたのが癪だった——というわけではなかった。普段の受け答えそのままの、いわば条件反射のようなものだったのだが、櫻内の反応はいつもとは違った。

「それならよかった」

普段の彼であれば、高沢が気のない返事をしようものなら、しつこいくらいにかまい倒し、最後には己の望むような反応を導き出そうとする。

だが今回に限っては櫻内の対応は実に淡泊で、高沢に新たな危機感を覚えさせた。

「余計なことは考えなくていい。自分の命だけは護《まも》れよ」

櫻内はそう言うと、グラスの酒を一気に呷り立ち上がった。

「帰る」

「…………」

早朝から用事があるというが、奥多摩からは通えないものなのか。

そう問いたくてたまらないのに、高沢の口から言葉は漏れなかった。

櫻内のあとに続き、玄関へと向かう。

「組長？」

慌てた様子で早乙女が彼の部屋から駆け出してきた。あとには渡辺も続いている。

「あの、お泊まりではなかったのですか」

早乙女がおずおずと問いかけるのに、櫻内は「ああ」とだけ答え、真っ直《まっす》ぐに玄関へと進んでいく。

どうやって知り得たのか、神部の運転する黒塗りの車は既に、車寄せで待機していた。

「お、お疲れさまでした」

早乙女が戸惑いつつも挨拶の言葉を告げたそのとき、櫻内の足が止まった。

「俺だ」

どうやら携帯電話に着信があったらしい。櫻内がスーツの内ポケットから取り出したスマートフォンで応対に出た。

「ああ、どうした？」

親しげな口調に興味を惹《ひ》かれ、高沢はつい、通話に聞き耳を立ててしまっていた。

「……ああ、ああ、わかった。これから家に戻るから、そこで話をしよう」

微笑みながら電話の向こうの相手に告げる櫻内の、その笑顔はあまりにも美しく、そして魅惑的だった。

通話の相手は一体誰か？

半ば予測していた高沢だったが、実際その名が櫻内の口から語られたときには、自分で考えていた以上の衝撃を覚えていた。

「風間、お前今、どこにいる？」

「……っ」

やはり若頭補佐だった——見惚《みと》れずにはいられない麗しい笑みを浮かべる櫻内の顔を見やる高沢は、自身の胸に差し込むような痛みが走るのがなぜなのか、遅蒔《おそま》きながら察しつつあった。

「俺は奥多摩だ。帰宅には少しかかるからな。よかったら俺の部屋の酒を飲みつつ待っていてくれ」

それじゃあな、と笑顔のまま櫻内が電話を切る。

「…………」

思わずその顔に見入っていた高沢は、櫻内に視線を向けられ、はっとして視線を逸《そ》らせた。

「くれぐれも俺の言いつけは守れよ」

今まで浮かべていた笑みは既に、櫻内の顔にはなかった。無表情といってもいい顔でそれだけ告げると、櫻内は渡辺から受け取った靴べらを使って靴を履き、後ろを振り返りもせず玄関を出ていってしまった。

「お見送りに出ようぜ」

早乙女が慌てた様子で駆け出していく。あとに続きたいという願望はあったが、高沢の足は結局動かなかった。

閉じた玄関のドアの向こう、櫻内の乗った車が遠ざかっていく音が聞こえてくる。

櫻内が帰宅後、風間に会う。

その事実にこうも動揺している自分がなんとも信じられない。

動揺しながらも高沢は、櫻内により与えられた指示を頭の中で反芻《はんすう》していた。

『命を粗末にするな』

その言葉の陰に高沢は、櫻内の思いやりを見たと思った。

思いやりは実際、あっただろう。だがそれは果たして自分の身を思いやったものだったのだろうか。

一度芽生えた疑問は答えを得なければ消失しなかった。

思いやりがないとは言わない。が、その『思いやり』が自分に対してのみ発動するものではなく、杯を交わした組員全員に対するものではないのか。後者としか思えないことに高沢は苛立ちを覚えずにはいられなかった。

櫻内にとって『特別な存在』はおそらく、風間だけなのだろう。

だからこそ、彼がこの射撃練習場の管理人代理に手を挙げた際に止めたのだ。

自分の傍に置きたいと——いつしか高沢の手は胸へと向かい、シャツの上から心臓のあたりをぎゅっと握り締めてしまっていた。

布で乳首を擦《こす》られ、びく、と身体が震える。行為の名残《なごり》に羞恥を覚えつつも高沢は、その『行為』に意味を見出《みいだ》そうとしている自分に気づき、馬鹿馬鹿しい、と自嘲《じちょう》した。

笑みが頬の上でひくつく。なぜ笑うことができないのか。その答えは目の前にぶらさがっていたものの、認める勇気を持ち得ない高沢は思考自体を切り上げ、自室へと戻った。

部屋の中はまだ片づけられておらず、櫻内が酒を飲んだグラスが卓上に残っていた。

高沢はふらふらとグラスへと近づいていくと、ぺたりと畳に座り、櫻内のグラスを手に取った。

「…………」

手の中でグラスをもてあそびながら高沢は、櫻内の心を読もうと頭を働かせていた。

櫻内はなぜ、今日射撃練習場を訪れてくれたのか。

きちんと機能しているか否かを確かめたかった——というのが主たる理由だったのだろう。

自分の様子を見に来てくれたのかと一瞬でも思ったことが恥ずかしい。

溜め息を漏らしてしまいながらも高沢は、気づけば自身の唇を指先で辿ってしまっていた。

つい先ほどまで、熱い口づけを交わしていた唇。指先が唇から首筋を伝い、シャツ越しに乳首へと辿りつく。

シャツのボタンを外し、裸の胸に手を這《は》わせながら高沢は、一体自分は何をしようとしているのかと、自身の行為に首を傾げつつも、動きを止めることができずにいた。

乳首を指先で摘《つま》み上げる。最初はそっと。やがて強く。

櫻内の指の動きを真似し、きゅ、きゅ、と強い力で自身の乳首を抓《つね》り上げる。

「ん……っ」

「ん……っ……んふ……っ……」

自分のしていることが『自慰』だという自覚は、高沢にはなかった。その自覚があったらおそらく、羞恥から彼は行為自体をやめていたことだろう。

「あっ……あぁ……っ」

幻の櫻内の指が、高沢の乳首を強く抓り上げる。もどかしさが高沢を突き動かし、もう片方の手を下肢へと伸ばしてしまっていた。

「あぁ……っ……あっ……あっ……あぁっ……」

さんざん精を吐き出したあとだというのに、高沢の肉体は今、欲情に支配されていた。

櫻内の指を想像しながら、自身の雄を扱《しご》き上げる。

頭を空っぽにしたい。意識はしていなかったが、高沢の意図はそこにあった。

確かに自分は求められていると思いたい。セックスに意味を見出したい。単なる欲望の捌《は》け口などでは決してないという証《あかし》が欲しい。

はっきりとそう意識していたわけではなかったが、高沢の胸にはその思いが溢れていた。

「あっ……あぁ……っあっあっあーっ」

高く喘《あえ》ぎ、達した瞬間、高沢は我に返った。

「……あ……」

自分で外したシャツのボタン。ファスナーの間から取り出した、今は萎《な》えてしまっている自身の雄。

「……うそ……だろう……?」

何をしてしまっていたのかと動揺しつつ、高沢は慌てて服装を整えると、手を洗いに洗面所に向かうべく部屋を出ようとした。

「あ」

開いた襖《ふすま》の向こう、佇《たたず》んでいたらしい渡辺とぶつかりそうになり、高沢は慌てて立ち止まった。

「し、失礼しました……っ」

渡辺が真っ赤な顔をし、その場を駆け出していく。

「………」

あの様子からすると、もしや彼は自分の自慰を立ち聞いていたのでは、と思い当たった高沢の頬にも、カッと血が上っていった。

本当にどうかしている——溜め息を漏らす高沢の耳に、櫻内がここを出る直前に電話越しに呼びかけた、いかにも親しげな声が蘇る。

『風間、今お前、どこにいる?』

気づかぬうちに唇を噛みしめていた高沢は、口の中に血の味が滲んできたことに、はっと我に返った。

本当に自分はおかしい。何を一体動揺しているというのだと、いくら自嘲しようとしても、胸のざわめきは少しも収まっていかない。

生まれて初めて覚える、焼け付くような嫉妬《しっと》心を持て余し、立ち尽くす高沢の脳裏にはそのとき、親しげに身を寄せる櫻内の美しい笑顔と、その美貌《びぼう》に勝るとも劣らない同等の美しさを誇る風間の華麗な笑みが浮かんでいた。

To be contitued...

恍惚

的《まと》に向かって真っ直ぐに銃口を向け、トリガーに手をかける。イヤープロテクターが無音の世界を作り出し、己の鼓動と息遣いの音しか聞こえない。的の中心目掛けて引き金をひくと、腕にずしりと衝撃を受け、硝煙の匂いが立ち上る。微かに右腕に痺れを感じながら胸いっぱいにその匂いを吸い込む瞬間、高沢《たかざわ》は常にある種の恍惚《こうこつ》感を覚えるのだった。

もとより彼は欲望と名のつくものには頓着《とんちゃく》しない性質《たち》である。かつて新宿署でマル暴といわれる四課に所属していたが、金にも色にも食指を動かさないがゆえに、最も扱い辛い男としてその筋の者たちに敬遠されていたほどだった。

金儲《もう》けにはまったくといっていいほど興味がない。食に関しても美味い、まずいくらいの判断はつくが、空腹を満たしてくれればいいという程度の思い入れしかない。

性欲——ことセックスに関しては興味が薄いことこの上なく、女嫌いというわけではないが、積極的にかかわっていこうという覇気はまるでなかった。人並みに性欲を覚えはするが、自慰すら滅多にしないほどの淡泊さである。

欲という欲に無縁な彼は人によく「何が楽しくて生きているのか」と揶揄《やゆ》されたものだったが、その高沢が唯一、興味を惹かれているのが銃だった。

警察に入ってから射撃を覚え、やがてオリンピック候補といわれるまでに腕を上げたが、名誉欲にも無縁であった彼はいくら教官に勧められても出場を辞退し続けた。

射撃練習場で的に向かっているときがまさに彼にとっては至福のときだった。何のための訓練であるかという目的は実は最初から欠落していた。ただ銃を撃つことだけが彼の唯一の目的であり結果であった。腕が痛くなるほどに、的に向かって長時間銃を発砲し続けたあとには、性的興奮に勝る高揚感を覚えるのだった。

あまりに頻繁に練習場を訪れる彼は、練習場の教官をして『銃フェチ』と言わしめるほどであったが、フェチという言葉の倒錯性はともかく自分が銃に魅入《みい》られてしまっているという自覚は高沢にもあった。

だがある日突然、彼はその、唯一興味を覚えていた拳銃を手放さなければならなくなった。拳銃を保持していた逃走犯が、街中で発砲しようとしたのを制するために、高沢も銃を抜いたのだが、それが査問委員会にかけられ警察を辞めねばならなくなったのである。

処分を申し渡されたとき、ついてないと思いはしたが、懲戒免職という不名誉な処分に対する羞恥も、不当であるという怒りも特には覚えなかった。

警察を辞める日、手帳や手錠とともに拳銃を返した。そのとき初めて高沢の胸に、やるせないとしかいいようのない思いが芽生えたのだった。

射撃は金持ちの道楽である。警察の職を離れた高沢にとっては手の届かない趣味となるに違いない。二度と銃に触れることがなくなるかもしれないという事実は、彼をらしくもなく落ち込ませたが、だからといって高沢が何か行動を起こすということはなかった。

あらゆることに対して興味が薄い彼はまた、あらゆることに執着しない男だった。世の中なるようにしかならないのだから、という諦《あきら》めのよさをポリシーとしているわけでもなかったが、今までの人生、ずっとそうして乗り切ってきた彼にとって、拳銃との別れの辛さ、寂しさもまた、そうして乗り越えていくのだろうと思っていた。

だが――。

「私のボディガードになってもらいたい」

警察を追われたまさにその夜、突然目の前に現れた美貌の男が、高沢に再び銃を与えてくれた。

男の名は櫻内玲二《さくらうちれいじ》という。関東一円を治める広域暴力団『菱沼組《ひしぬまぐみ》』の若頭を務める彼は以前より、高沢の射撃の腕に目をつけていたのだと、誘いをかけてきたのだった。

前職にいた頃には取り締まる対象であったヤクザの世界に、身を投じることへの躊躇いがなかったわけではない。だが結局高沢は櫻内の申し出を受け、彼のボディガードとして新たな人生を歩む決意を固めた。

彼の背を押したのは、やはり、といおうか銃だった。櫻内は組員の鍛錬のために奥多摩《おくたま》に警察に勝るとも劣らない大掛かりな射撃練習場を所有していたのである。

こうして高沢は、再び硝煙の匂いを手に入れた。刑事としての毎日が淡々と過ぎていったように、櫻内のボディガードとしての毎日もまた同じように淡々と過ぎていった。

陽と陰、表と裏ほどに属する世界は違うのに、中にいる己の日常がまるで変わらないというのも面白い、と高沢は思いはしたが、実のところ百八十度違うと思われた警察とヤクザの世界も、本質は一緒なのかもしれないと達観もしていた。

どちらの世界でも皆が皆、やっきになって上を目指す。人を押し退け、時に騙《だま》し、傷つけてでも頂点に立とうとする人間の性《さが》は、警察組織もヤクザもそう変わりはないのかもしれなかった。


そういった争いを制し、一人頂点に立つものが超然としている様も、両者は共通していた。

菱沼組五代目襲名を半年後に控えているという櫻内は、まさに関東の極道の頂点に立つ男なのだが、彼からは少しも地位や名誉を欲するぎらぎらとしたものを高沢は感じなかった。どろどろとした情念を超越し、孤高の月のごとき静謐《せいひつ》さを湛《たた》えているという櫻内の印象には、彼の類稀《たぐいまれ》なる美貌が少なからず影響しているかもしれない。世に美人と称《たた》えられる男女は数多《あまた》いるが、高沢は櫻内ほどの美人を未だかつて見たことがなかった。

どちらかと言うと櫻内は女顔である。きりりとした眉、黒曜石のごとき輝きを放つ美しい黒い瞳、すっと通った鼻筋、厚過ぎず薄すぎない形のいい薄紅色の唇——どれひとつとして非の打ち所のないパーツがまさに非の打ち所のないバランスで配置されている、完璧な美貌というに相応《ふさわ》しい顔だった。

たおやかな美貌を誇る彼が実は、武闘派の雄として名を馳《は》せていたということを知らぬ極道はまずいない。さすがに若頭ともなると先鋒を切ることはなくなったが、若い頃には闘争となると我先にと飛び出し、その優しげな顔立ちからは想像もできぬほど暴れ捲《まく》っていたらしい。

暴力を楽しんでいるとしか思えないと、当時言わしめた彼の本質は今も変わっていないようで、高沢を始めトータル六名のボディガードが雇われていたが、その必要がないのではと思われるほど、身のこなしには隙がなかった。一見細身の身体はしなやかな筋肉で覆われている。松濤《しょうとう》にあるという彼の豪邸の地下にはフィットネスクラブ顔負けのジムがあり、二十五メートルのプールまで完備されているとのことだった。

美しき野獣——真珠のごとき輝きを誇る白い肌の下に獰猛《どうもう》さを隠し持つ、闇社会の若き覇者。

高沢を日の当たる場所から闇の世界へと引き摺《ず》り込んだこの美貌の男が、高沢に与えたものは拳銃だけではなかった。

「私の愛人になってもらおう」

力でねじ伏せられる屈辱を、身体を引き裂かれるような痛みを、そして——今まで高沢が体感したこともなかった、脳が蕩《とろ》けるような快感を、櫻内は高沢の身体に教え込んだのだった。

「あっ……」

毎夜のごとく抱かれることで、性感帯も発達するのか、胸の突起を擦り上げられただけで声を漏らしてしまうほどに、高沢の身体は感じやすくなっていった。

こと抗争やら紛争やらにかけては、暴力を好む櫻内ではあるが、閨での彼の行為は暴力とは対極にあった。乱暴に扱われたのは高沢が抵抗を試みた最初のうちだけで、圧倒的な腕力の差を前に高沢が白旗をあげたあとは、強引さは影を潜め、常にいたわりに満ちた態度で彼に接した。

難を言えばそのいたわりに満ちた愛撫が執拗という言葉では足りぬほどにしつこいものだというくらいで、毎夜櫻内は奉仕さながらに高沢を抱き、声が嗄《か》れるほどに喘がせ彼を絶頂へと導いた。

「ん……っ……んん…っ」

丹念な愛撫を高沢の全身に与えたあと、櫻内は繊細なその指で、充分すぎるほど充分に後ろを解す。

内壁がひくひくと蠢《うごめ》き、櫻内の指を奥へと誘う。思いもかけない自身の身体の反応に、当初高沢は戸惑いを覚えたものだったが、毎夜櫻内に組み敷かれるうちに戸惑いは失せ、かわりに焼け付くような快感が彼を襲った。

「あっ……」

指が抜かれたその後に、ずぶり、と櫻内の雄が挿《はい》ってくる。同性であれば誰もが羨《うらや》まずにはいられないほど、太く見事な櫻内の雄には常人にはないある特徴があった。

「あぁっ……」

櫻内が腰を進めるのに、ずぶずぶと彼の黒光りする立派な雄が高沢の中に呑み込まれてゆく。かさの張った部分が高沢のそこを押し広げたそのあとに、ぼこりぼこりという感覚が内壁を擦り上げ、高沢を快楽の淵《ふち》へと追い詰める。

そう、この美貌の極道は彼の雄に、俗に言う『真珠』を埋め込んでいた。ただでさえ太いその雄は、竿に埋められた真珠により、彼が過去関係を持ったすべての男女に、まさに天国ともいうべき快感を与えてきたという。

高沢もまた例外ではなく、櫻内の雄に奥を抉られ、激しく突き上げられるたびに、脳髄《のうずい》を直撃するような快感が彼の全身を走り、我を忘れて喘ぎまくった。

「あっ……あぁっ……あっあっあっ」

すっかり余裕をなくし、ただただ襲い来る快楽に身体を震わせている高沢に対し、リズミカルな律動を続ける櫻内の顔には余裕の笑みさえ浮かんでいる。美貌も頭脳も体躯《たいく》も腕力も、全てにおいて人に抜きん出ている櫻内の性欲もまた人並はずれて旺盛なのである。

「あっ……もうっ……もう……っ……」

少しも硬度の落ちぬ櫻内の激しい突き上げに、高沢が音《ね》を上げることはよくあった。そのたびに櫻内は、仕方がない、というように微笑むと高沢の雄を摑んで扱き上げ、彼を解放してくれるのである。

「あぁっ……」

高沢の背が大きく仰け反り、白濁した液が二人の腹を濡らす。

はあはあと息を乱す彼に、櫻内がゆっくりと覆い被さり、汗で額に張り付いてしまった高沢の前髪をすき上げながら、呼吸を妨げぬようにそっと唇を塞いでくる。

「……ん……」

そうした後戯のいちいちがまた、いたわりと優しさに満ちている彼が——間もなく極道の頂点を極めようとしている闇社会の覇者が、黒曜石のごとき黒い瞳を細めて高沢に微笑み、尚も身体を寄せてくる。

二人合わせた胸の間から、櫻内が常用しているムスク系のコロンの香りが立ち上る。

漂うその香りを胸に吸い込む高沢の顔は、彼の愛して止《や》まない硝煙の匂いを嗅《か》ぐときと同じく恍惚とした表情を浮かべているのだが、未だ高沢はそのことに気づいていないのだった。

美しき獣の嫉妬《ジェラシー》

もとより櫻内《さくらうち》は、高沢《たかざわ》が奥多摩《おくたま》の射撃練習場に通うことに対し、不快である旨を態度に表してはいた。だが、はっきりと禁止されたわけではなかったため、高沢はボディガードの勤務日以外には変わらず通い続けていた。

以前は週に二日、多いときには三日も通っていたのだが、このところは休日前夜の櫻内の行為がやたらと激しくしつこいために、翌日腰が立たず終日自室で休むというケースが多くなり、通えて週一という状態だった。

常人であれば、これを櫻内の『練習場には行くな』という意思表示であろうと見抜くところである。高沢は『常人』というには多少情緒が足りないところがあったが、それでも彼なりに、櫻内が自分を練習場に通わせたくないと思っているらしい、という判断はできていた。

判断はできたものの、理由がさっぱりわからない上に、三度の飯よりも射撃が好きな高沢であるため、どうしても足が奥多摩へと向く。行くな、と禁止されているわけではないのだから、と今日も高沢は奥多摩へと向かったのだが、迎えてくれた三室《みむろ》が複雑な表情であったのを訝《いぶか》り「何か」と理由を問うた。

「いや、昨日組長が来たものでな」

「組長が？」

何をしに、と尋ねた高沢に、三室は一瞬らしくなく口ごもったあと、苦笑するように笑いこう告げた。

「松濤《しょうとう》の地下に練習場を作りたいのでアドバイスを求められた。あまりお勧めしないとは答えたが」

「なんですって」

初耳だ、と目を見開いた高沢だったが、続く三室の言葉には、う、と答えに詰まった。

「お前がここに来るのを余程気に入らないと見える」

「…………」

絶句した高沢に、三室は「冗談だ」とくすりと笑ってみせたが、実際それが『冗談』などではないことは、二人ともよくわかっていた。

おかげでその日、高沢はかなり長時間、的に向かったものの、彼の射撃にいつものキレはなかった。

『そのくらいにしておいたらどうだ』

「そうですね」

ヘッドホンにもなっているイヤープロテクターから三室の声が響いてきたのは、かれこれ二時間近く撃った頃だった。気づけば随分と手も怠くなっている。

『的を見るか?』

「いや、今日はいいです」

見ずとも随分と照準が外れていることは、撃っている最中から高沢にもわかっていた。硝煙の匂《にお》いに包まれればすべてを忘れ射撃に没頭するのが常であったというのに、本当に今日はどうしたことか、と溜め息をつき、プロテクターを外して三室のいる管理室を見上げると、三室は来い、というように頷き、先に部屋を出ていった。

行き先はおそらく彼の住居だろうと思いつつ高沢も銃を置いて射撃室を出、エントランスへと向かう。予想どおり三室はそこで高沢を待っていて、彼の姿を認めると、先に立って歩き始めた。

実は高沢は、三室が住居としている離れを少し苦手としていた。離れには三室の愛人と噂される——実は息子であるという話を高沢は三室から打ち明けられたのであるが——金子《かねこ》という若い男が控えている。

人とのかかわりを得意とするタイプではないが、高沢はあまり個々人に対しての苦手意識はない。が、なぜか金子に限っては、対面するのに躊躇《ちゅうちょ》を覚えるのだった。

三室の世話が役目だという金子は、今日もやはり離れにいて、三室と共に現れた高沢に向かい「いらっしゃいませ」と深く頭を下げて寄越した。

「風呂に入るか」

「ああ、そうですね」

この離れは接待用に建てられたもので、高級温泉宿に引けを取らない露天風呂が売りであるため、三室は高沢を離れに誘うときには常に風呂を勧める。二時間あまり撃ったせいで汗ばんでいた身体を流したくもあり、高沢が頷くと、三室が何を言うより前に背後の襖がすっと開き、深く頭を垂れた金子が登場した。

「どうぞ、ご案内いたします」

高沢が金子を苦手としている原因のひとつに、彼のこの手の行動があった。常に室外で控え、高沢の――というよりはおそらく三室の言動をひとつとして聞き漏らすまいと耳をそばだてている。

三室は既に慣れたのか、金子を空気のように扱っているが、とてもその域には達せない、と思いつつ高沢は「ありがとうございます」と礼をし立ち上がった。

それにしても、と高沢は、自分の前をしずしずと進んでいく金子の背を眺めながら、心の中で溜め息をつく。決して鈍いわけではないのだが、室外に控えている金子の気配を高沢が感じることは稀《まれ》だった。

何か訓練でも積んだのではないかと高沢は思い、実際問いかけようとしたのだが、たおやかな姿をしながら金子は全身で高沢の問いかけを拒絶していた。

それでも尚、声をかけ問いただすというほどの熱意を持ちえぬ高沢は、そのうちに三室にでも聞くか、と肩を竦めたのだが、そのときちょうど彼らは浴室へと到着し、金子が恭《うやうや》しげな動作で引き戸を開いた。

「後ほど浴衣《ゆかた》を持ってまいります」

「……あ、いや、今日は帰りますので」

結構です、と高沢が断ると、金子は一瞬彼を見やり「そうですか」と答えたのだが、その瞳に安堵としか思えない影が差したのを、高沢は見逃さなかった。

「失礼いたしました。それではごゆっくり」

気づかれたことを察したらしく、金子はすぐに目を伏せると深々と頭を下げ、浴室を辞していった。

「……………」

高沢は暫《しば》し彼の出ていった扉を眺めていたが、やがて、よくわからない、と首を横に振ると、服を脱ぎ露天風呂へと向かった。

奥多摩の山々では早くも紅葉が始まっているようである。色づき始めた木々を遠くに眺めながら高沢は、三室と金子の関係を考えた。

あまり他人に興味を抱くことのない高沢ではあるのだが、ことあの二人に関しては妙に気になってしまう。三室は親子と言っていたが、金子は親子ではないという。櫻内は二人を愛人関係にあるというし、一体誰の言うことが正しいのか、と溜め息をついたとき、ガラガラと背後で引き戸が開く音がし、高沢の意識を覚ました。

「邪魔するよ」

高沢が身構えるより前に声をかけ、露天へと足を踏み入れてきたのは三室だった。

「教官」

「一人で部屋で待つのも退屈になってな」

そう言い、高沢の傍に身体を沈めてきた三室に、のんびりしすぎたかと高沢は反省し「すみません」と詫びた。

「そういう意味じゃない。久々に一緒に風呂に入りたくなったのさ」

ははは、と三室は笑うと、笑みに細めた目で高沢を見やった。

「また少し痩《や》せたな。筋肉は落ちてないようだが」

「……体重もそう、落ちていません」

答えながら高沢も自身の身体を見下ろし、前夜の櫻内との情痕がこれでもかというほど残っている肌を恥じて俯いた。

「まあ、あまり無理はしないほうがいいという話だ」

その上三室に笑いを含んだ声でそんなことを言われては、ますます顔が上げられなくなってしまったのだが、そんな彼に追い討ちとばかりに三室が声をかけてくる。

「お前に言うのは酷だな」

「……教官」

この手の揶揄は実に三室らしくない——ようやく気づいた高沢は顔を上げ、傍らの三室を見やった。

「先ほどの練習場の話だがな」

三室の顔はやはり笑ってなどなく、酷く真剣な目で高沢を真っ直ぐに見据えている。

「はい」

練習場——ああ、松濤の自宅の地下に、櫻内が練習場を作るという話だったか、と高沢は思い出したものの、それにしても櫻内は一体何を考えているのだと込み上げる溜め息を嚙み殺した。

「目的はお前の察しているとおりだとは俺も思うが、なんというか……」

三室もまた押し殺した溜め息をつき、視線を色づく山々へと向ける。

「最近、何かあったのか?」

同じく視線を山へと向けた高沢は、三室がぽつりと問いかけてきた言葉に、

「……さあ……」

よくわからない、と首を傾げた。

「趙との一件も片付き、組内の統制も取れている。これといった目立つ抗争もない。ああ、大阪はいよいよ八木沼《やぎぬま》に代替わりをするのだったか」

「はい、来年と聞いています」

いよいよ関西一円を治める岡村組《おかむらぐみ》も代替わりをするとのことで、襲名披露の案内が櫻内宛《あて》に届いていた。

「八木沼組長は派手好きだからな。さぞ大仰な催しになるだろう」

ははは、と三室が笑い、高沢も「そうですね」と相槌を打つ。そのまま二人、暫《しばら》く何も喋ることなく湯に浸かっていたのだが、先に入っていた高沢は逆上《のぼ》せてきてしまった。

「先に上がります」

「俺も上がろう」

一応三室に声をかけるだけのつもりだったのだが、三室もまた高沢と共に立ち上がり、二人して洗い場を突っ切り脱衣所へと戻る。

「おかえりなさいませ」

そこには予想通りといおうか、金子が控えており、全裸の三室の背に回ると手にしていたタオルで身体を拭《ぬぐ》おうとした。

「今日はいい。酒の支度を頼む」

三室がさりげない動作で金子からタオルを取り上げるのを、高沢は見るとはなしに眺めてしまっていた。

「……わかりました」

金子は聞こえないような小さな声で返事をしたあと、ちら、と高沢を見やり、軽く会釈をして踵を返した。すたすたと脱衣所を出ていく彼の華奢《きゃしゃ》な背中を眺めていた高沢の耳に、抑えた三室の溜め息の音が響く。

「……あれにも困ったものだ」

「困る？」

何が、と問い返した高沢に、三室は「いや」と苦笑すると、一人身体を拭い始める。高沢もまた用意されていたタオルで身体を拭っていると、横で三室がぼそりと、あたかも独り言のような口調で呟いた。

「何にせよ、過ぎたるは及ばざるがごとし、ということだ」

「…………」

どういう意味か問おうかと思ったが、淡々と服を身につけていく三室に話しかける隙《すき》はなく、高沢もまた服を身につけると「行くか」と三室に促され風呂をあとにした。

座敷に戻ると、ビールとつまみが既に用意されており、二人が座るとまた音もなく襖が開き、金子が酌をしに現れた。

「ここはいい。お前はもう下がっていなさい」

ビール瓶を取り上げようとした金子に、三室が静かな声で告げる。

「わかりました。ご用のときにはお呼びください」

金子は目を伏せたままそう言うと、しずしずと部屋を出ていき、襖をぴたりと閉めた。

まだ外にいるのではないか、と気配を窺っていた高沢は、

「いないよ」

という三室の声にはっとし顔を上げた。

「あれは俺の言うことに逆いはしない」

「あの、教官」

『あれ』という指示語に違和感を覚え、高沢はつい、問いを発してしまった。

「なんだ」

「彼は確か、息子さんでは」

「………」

高沢の問いに三室は一瞬目を見開いたように見えたが、次の瞬間には高沢に笑顔を向けビール瓶を持ち上げてみせた。

「その通りだ」

さあ、とグラスを求める彼に、恐縮しながらも高沢がグラスを差し出す。注いでもらったあとには自分が、と高沢はビール瓶へと手を伸ばしたのだが、三室は「いい」とその手を退けると、自分のグラスにも八分ほどビールを注いだ。

「乾杯」

何にだ、と笑いながら三室がグラスを上げてみせるのに、

「乾杯」

高沢も声を合わせ、グラスを三室へと掲げてみせた。そのまま二人、ほぼ一気にグラスを

空けたあと、また三室がビール瓶を手にとり、高沢のグラスをビールで満たす。

「すみません」

今度は、と高沢が三室からビール瓶を取り上げ、彼のグラスに注いでいる間、三室はじっとその様子を見つめていた。

二杯目もほぼ一気に空け、続いて三杯目を注ぐ。

「金子から何か聞いたのか」

四杯目に入ったとき、それまでどうということのない——それこそ時候の挨拶レベルの会話をしていた三室が唐突にそう切り出し、高沢の注意を引いた。

「……え？」

話題が最初に戻ったというわけか、と察しはしたものの、高沢は果たしてなんと答えるべきかと瞬時、考えを巡らせた。

金子から聞いた話の内容は、三室との間に親子関係はないということのみだった。それを伝えるのを高沢は躊躇したものの——金子がそれを望んでいるかと考えると、なんとなく望んではいないのではないかと思えたからなのだが——それでも事実を知りたいという誘惑を退けることができず、口を開いた。

「教官は自分の父ではないと……」

「やはりな」

喋るのを迷ったことが馬鹿らしく思えるほど、三室はさもわかっていたといわんばかりの相槌を打ち、苦笑した。

「それで」

実際は、と問いかけようとした高沢の声と、三室の声が重なる。

「それは彼の願望だ。実際俺たちは親子だよ」

「願望?」

どういうことなのだ、とおうむ返しにした高沢に、「ああ、そうだ」と三室は頷きはしたが、それ以上の説明をしようとはせずまたも話題を変えた。

「組長がお前がここに来ることを、あまり芳《かんば》しく思っていないのはなぜか、わかるか?」

「え?」

唐突——という以上に、あまりにストレートな問いに、高沢は一瞬自分の耳を疑った。

「嫉妬だということはわかっているのか?」

絶句する高沢に三室が更に彼から言葉を失わせるようなことを重ねてくる。

「教官」

「わかってはいるようだな」

唖然《あぜん》としていた高沢を前に、三室はくすりと笑うとグラスを一気に空け、手酌でまたそれをビールで満たした。

「すみません」

反射的にビール瓶へと手を伸ばした高沢から更にそれを遠ざけると、さあ、と三室が笑顔になり、逆にそれを高沢のグラスへと向けてくる。

「あ、すみません」

またも反射的に謝ってしまったあと、高沢はまだ半分以上グラスに残っていたビールを一気に空けようとしたのだが、そのとき響いてきた三室の声に思い切り噎《む》せ返った。

「言ってやればいいのだ。『愛してる、あなただけだ』と」

「なっ……」

笑いを含んだその声に動揺し、げほげほと噎せ続ける高沢に、三室は「大丈夫か」と声をかけ、立ち上がったかと思うと部屋の外に消えた。

「…………」

一体なんなのだ、と思いながら高沢が咳《せ》き込んでいると、再び襖が開き、三室がタオルと水の入ったコップを手に戻ってきて、高沢の傍らに膝をついて座りそれらを手渡してくれた。

「ありがとうございます」

水を飲み、タオルで前を拭ったのち、高沢が席に戻っていた三室に頭を下げる。

「いや、俺が悪かった。まさかそうも動揺するとは思わなんだ」

あはは、と三室は彼にしては珍しく高く笑い、「飲むか」とまたビールの瓶を掲げて寄越

した。

「いえ、もう……」

飲む気は失せてしまった、と断った高沢に、

「そうだな。そろそろ戻ったほうがいいからな」

三室は笑いながらそう言うと、「え」と問い返そうとした高沢を前に大きな声を出した。

「金子、お送りしてくれ」

「……教官」

間もなく廊下を歩いてくる足音が響き、襖がすっと開く。

「わかったな？　要は己の邪推が如何《いか》に馬鹿げたものであるかを、理解させてやればいいのだ。案ずることなどなにもないとな。方法は先ほど教えたとおりだ」

「……はあ……」

三室の言う『方法』とはすなわち、『愛してる、あなただけだ』と櫻内に告げるということだろう。本気なのか、それとも冗談なのかと高沢は問い返そうとしたのだが、襖の向こうで俯き控えている金子を前にしてはそれもかなわず、

「わかりました」

ぼそりとそれだけ答えると立ち上がった。三室もまた立ち上がり、高沢へと歩み寄りその肩を叩く。

「何も嘘をつけと言っているわけじゃない。以心伝心などという言葉があるが、実際口にしなければ自分が何を考えているかなど相手には伝わらないものだ」

「…………」

早口でそう告げたあと三室がまた、ぽん、と高沢の肩を叩いた。

「伝えたいことはすべて言葉に託す。誤解されたくない場合も然《しか》り。人のことは言えないがお前は言葉が足りなさすぎる」

わかったな、と三室はみたび高沢の肩を叩くと、なんとも答えようがなく立ちつくしていた彼を金子に引き渡した。

「お送りします」

金子が高沢に会釈をし、先に立って歩き始める。

「また来い。身を入れて練習できるような環境を整えてからな」

廊下を進む高沢の背に、三室の声が響く。

「……はい」

肩越しに振り返り頷いた高沢の目には、いつになく饒舌だった三室の、どこか困ったような笑顔が映っていた。

高沢の履いてきた靴《スニーカー》は、既に三和土《たたき》にそろえてあった。

「お邪魔しました」

手早く靴を履き、振り返った高沢に、金子が「あの」と声をかけてくる。

「はい？」

「父を……父のことを、よろしくお願いします」

「え？」

酷く思い詰めた顔をした金子が告げた言葉の意味がわからず、問い返した高沢に、金子が切々と訴えかけてきた内容は彼を驚かせるものだった。

「父は今のこの仕事に生き甲斐《がい》を感じています。できればこのまま続けさせてあげたいのです。お願いです。どうか櫻内組長がここを取り潰《つぶ》したり、父をここから追い出したりすることがないよう、お力添えをお願いします」

「ちょ、ちょっと待て。そんな話があるのか？」

奥多摩の練習場を取り潰すだの、教官を替えるだの、聞いたことがない、と驚きの声を上げる高沢を前に、それまで彼に取り縋らんばかりだった金子の表情が変わった。

「誰のせいだと……」

「え？」

どういうことだ、と問い返そうとしたそのとき、

「よせ」

背後から三室の低い声が響いたのに、金子ははっとした顔になり、同じくはっとなった高

沢と共に声の方を振り返った。

「なかなか戻って来ないと思っていたら、余計なことを……」

いつになく憮然《ぶぜん》とした顔をした三室が、金子を厳しい目で睨む。

「誰がお前に頼んだ？　勝手なことをするんじゃない」

「も、申し訳ありません」

途端に消え入りそうな声を出し、その場にへなへなと座り込んだ金子をちらと見やったあと、三室は唖然としてその様子を見ていた高沢へと歩み寄り、ぽん、と彼の肩を叩いた。

「組長がここを取り潰すだの、俺が今の職を追われるだの、すべて金子の妄想だ。組長はそこまで器の小さな男ではない。それだけに苦悩していると思うがね」

苦笑し肩を竦めた三室は、再び項垂れる金子を一瞥《いちべつ》した後《のち》、玄関先に佇んでいた高沢に顔を向け小さく頷いてみせた。

「……教官」

「たまには安心させてやることだ」

にこ、と三室は笑い、金子に「行くぞ」と声をかけ踵を返す。

「大変失礼いたしました」

金子は、はっとして顔を上げると、改めて高沢へと向き直り、深々と頭を下げた。

「いえ……」

それでは、と高沢も頭を下げ返し、引き戸を開けて外に出る。何がなんだかわからない、と仰いだ空には既に星が瞬《またた》いており、思いの外時間を取ってしまったと高沢は練習場の駐車場で彼の帰りを待っている組の車へと急いだ。


「おい！　どこに行ってたんだよ！」

渋滞に巻き込まれたせいで、高沢が松濤の自宅に到着したのは、午後八時を回る頃だった。車を降り玄関を入ったところで、彼を待ち詫びていたらしい早乙女《さおとめ》が駆け寄ってきたのに、何事だと高沢は眉を寄せた。

「どうした」

「組長がお呼びだ。もう三十分も前に帰宅してるんだぜ」

「…………」

確か今夜は遅くなるのではなかったか、と櫻内の予定を思い起こしていたのがわかったのか、早乙女は「予定が飛んだんだよ」と早口で言うと、

「いいから、ほら」

高沢の腕を引っ張り、エレベーターへと向かった。

「何を慌てているんだ」

三階のボタンを連打する早乙女に、呆れて高沢が声をかける。

「帰ったらすぐ連れて来いって言われてるからだよ」

ああ、いらいらする、と、決して遅くはないエレベーターの速度に悪態をつきつつ、早乙女はそう答えると、じろりと高沢を睨み付けた。

「なに？」

「飲んできたのか？」

「……ああ」

非難がましい彼の口調に、理由がわからず高沢が、それがどうしたと問い返す。

「知らねえぜ」

まったくもうよう、と早乙女はなぜだか高沢に、同情的としかいいようのない眼差《まなざ》しを向けると、あーあ、と溜め息をつき、ちょうど開いたエレベーターの扉から降り立った。

そのまま早乙女は高沢の腕を引き、わけがわからないと首を傾げる彼を櫻内の部屋の前まで連れていった。

「失礼しやす」

恭しい動作で早乙女がドアをノックする。

「入れ」

中から響いてきた櫻内の声は、確かにそう機嫌がよくなさそうだと、高沢はごくりと唾を飲み込む早乙女を見やったが、早乙女はもう高沢を見ることはなく、やはり恭しい動作でドアを開いた。

「どうぞ」

二人のときは高沢に対し、ぞんざいともいうべき——本人は気安さをアピールしているつもりであろう——態度を取る早乙女も、櫻内の前では酷く丁重に高沢に接する。

これは取りも直さず彼を愛人としている櫻内に対する気遣いであるのだが、いつもながらなんだかこそばゆい、と思いつつ高沢は早乙女が開き押さえている扉の中へと足を踏み入れた。

「おかえりなさい」

高沢もまた、組員の前では櫻内に対し、丁寧な口調で接するよう心がけていた。ただでさえ男の愛人ということで——しかももと警察官だということもあり、櫻内の高沢に対する寵愛を面白くなく思っている組員も多かろう。その上その『愛人』の態度が組長を重んじたものでなければ、更に不満も募るに違いないという、実に高沢らしくないこの気遣いは、組員たちの間では好評ではあったが、櫻内にはたいそう不評だった。

「来い」

ぶすりと言い捨てたかと思うと、自身もソファから立ち上がり、そのまま寝室へと向かおうとする。

「組長、お食事は」

背後で早乙女が問いかけたのに、櫻内はちらと彼を振り返ったが答えることなく、寝室のドアを開き中へと入ってしまった。

「…………」

バタン、とドアが閉まるのを、呆然と見ていた高沢の背に、早乙女の心底焦っているのが窺える声が響く。

「早く行けって！　知らねえぞ、おい」

「知らないって何が」

意味がわからず振り返った高沢は、顔を真っ赤にした早乙女に、

「いいから早く！」

と急かされ、わけがわからぬままに櫻内の寝室のドアを叩いた。

「……？」

返事はない、が、また早乙女を振り返ると、「いいから」と早乙女がジェスチャーで入れ、と指示をし、自分は部屋を出てドアを閉めてしまった。

更にわけがわからないと思いつつ高沢はドアを開き櫻内の寝室へと入ったのだが、その瞬間ドアのすぐ近くに佇んでいた櫻内に強く腕を引かれ、そのままの勢いでベッドへと投げ飛

ばされてしまった。

「なにを……」

するんだ、と問うより前に覆い被《かぶ》さってきた櫻内が高沢の髪に顔を埋める。

「風呂に入ってきたのか」

「え？」

既に髪は乾いているはずなのに、なぜわかるのだと問おうとした高沢の、今度は首筋へと櫻内は顔を埋めると、暫くそのまま動かずにいた。

「……おい？」

何をしているのだ、と問いかけようとした高沢は、いきなり首を噛まれ、あまりの痛みに悲鳴を上げた。

「おいっ……」

反射的に高沢は櫻内の身体を押しやろうとしたのだが、そのときには身体を起こした櫻内にシャツの前を勢いよく開かされてしまっていた。

バチバチとボタンが飛ぶ音と布が裂ける音が響く中、何が起こっているのか高沢がまるで把握できないでいる間にシャツを引きはがされ、両手首にたまるそれで後ろ手に縛られる。

「おいっ」

続いて櫻内の手は高沢のジーンズへとかかり、下着ごとそれを両脚から引き抜くと、あっ

という間に裸に剝《む》いた彼をベッドの上でうつ伏せにした。

「うっ」

そのまま高く腰を上げさせられ、両脚を摑んで開かされる。腰を突き出した姿勢に羞恥を覚え、身体を起こそうとした高沢の背に櫻内が覆い被さり彼の動きを封じた。

「なんなんだ、一体」

腕を縛られているために敷布に顔を埋めるしかない高沢は、肩越しに櫻内を振り返り問い質そうとしたのだが、ほとんどついていない尻の肉を摑まれ、押し広げられたそこにいきなり指を突っ込まれて、う、と息を詰めた。

「……やめ……っ」

続いてもう一本、狭道をこじ開けるようにして櫻内が指を挿入する。かわいた痛みに悲鳴を上げた高沢にかまわず、櫻内は身体を起こすと二本の指で広げたそこを覗き込むような素振りをした。

「……何を……っ」

情交の痕《あと》を探しているのか、と高沢が気づき、馬鹿な、と口を開きかけたときには、櫻内の指は高沢の後ろから引いていた。その指が櫻内自身のスラックスのファスナーへとかかり、ジジ、という音と共に下げられたその中から黒光りする彼の雄を取り出す。

細く長い指が、竿に特徴的な形態を持つ雄を一気に扱き上げる様を、未だに後ろに覚えていた違和感に身を捩りながら高沢は無言で見つめていた。

あっという間に勃ち上がったそれを、数度撫《な》で上げたあと、櫻内が再び高沢へと覆い被さってきた。

「痛《つう》っ」

両手で双丘を割られ、露《あら》わにされたそこに、強引に猛《たけ》る雄がねじ込まれる。指でさえ痛みを覚えたそこは、太く逞《たくま》しい櫻内の雄の侵入を受け入れることなどできるわけもなく、高沢は苦痛の悲鳴を上げた。

「……くっ……」

櫻内もまた、内壁との摩擦により痛みを覚えたらしく、微かに声を漏らしはしたが、動きを止めることなく力ずくで腰を進めてくる。

「よせ……っ……」

奥底まで抉られたあとには、激しい突き上げが始まった。通常、閨《ねや》での櫻内は執拗なほどに高沢の全身に愛撫を与え、挿入に至るまでの間に高沢が達してしまうこともままあった。

また挿入の際には高沢の後孔をよくよく解《ほぐ》し、受け入れる準備を充分整えさせてくれていただけに、いつもとはまったく違う今宵の櫻内の強引な行為に、高沢は痛みのあまり生理的な涙を流してしまいながら、一体彼は何を怒っているのかと心の中で問うていた。

「くっ……」

激しい抜き差しは高沢に苦痛しか齎《もたら》さず、唇を噛み締めすぎたせいか口の中に血の味が広がってくる。強引な突き上げは櫻内の身にも快楽を及ぼさないようで達する気配はまるでない。

「…………」

チッと舌打ちする音が背後で響いた直後、高沢は片脚を抱えられ、仰向けにさせられた。解剖されたカエルのように開かされた両脚を抱え上げられ、尚も突き上げられるが、やはり快感ははるか遠いところにある。

「…………」

はあ、と櫻内が大きく溜め息をつく気配がしたと同時に、抱えられていた両脚を下ろされた。

「……くっ……」

後ろから勢いよく雄を抜かれたのに、ぼこりとした竿に内壁が擦られる痛みに高沢が低く声を漏らす。

「……まったく」

ぼそり、と櫻内が呟く声がした直後、彼の手が伸びてきて、指先が高沢の唇に触れた。

「血が出ている」

「…………」

言いながら櫻内がすっと指先で高沢の唇を撫でた、その刺激に噛み締めていた彼の唇が解ける。櫻内の指先は思いのほか温かく、その温《ぬく》もりが唇から肌を伝い、広がってゆくような錯覚に高沢は陥った。

櫻内がまた繊細な指先で高沢の唇を撫で、その指を自身の口へと持っていく。

「甘い」

指先には高沢の血が付着していたようで、ぺろりと赤い舌を出して舐《な》めたあと、くすりと笑いかけてきた櫻内の表情からは、怒りも憤りも消えていた。

「甘いわけがないだろう」

それゆえ高沢もいつものように、ぼそりとそう答えてしまったのだが、高沢の声を聞いた途端櫻内の顔からすっと笑みが消えたのに、高沢の身体に今まで受けてきた苦痛が一気に蘇り、息を呑んだために彼はそれ以上の言葉を発することができなくなった。

「……なあ」

櫻内が真顔のままゆっくりと高沢へと覆い被さってくる。

「なに？」

唇と唇が触れる直前まで顔を近づけてきた櫻内がぴたり、とそこで動きを止めたのに、高沢が問い返すと、櫻内は舌を出し高沢の血の滲む唇をぺろりと舐めた。

「……っ」

びく、と身体を震わせた高沢の髪を櫻内が指で梳く。先ほどの荒々しい行為とはまるで違う、やさしさに溢れるその動きに、意識せぬ間に強張っていた高沢の身体からふっと力が抜けていった。

「……なあ」

再び櫻内が高沢に声をかけ、唇を今度はこめかみへと押し当てる。

「……なに？」

「…………」

だが高沢が問い返すと櫻内はそれ以上何も言わず、また彼の髪を梳き、唇を瞼《まぶた》へと押し当てた。

「…………」

櫻内が身体を動かすたびに、未だに硬度を保っている彼の雄が高沢の腹を擦り、熱いその感触が次第に高沢の鼓動を速まらせてゆく。

「ん……」

櫻内の唇が頬から顎、そして首筋へと下り、きつく肌を吸い上げてきたのに、高沢の身体はびくん、と震え、唇から微かな声が漏れた。

「…………」

櫻内がちらと顔を上げて高沢を見やったあと、掌で彼の胸を擦り上げる。乳首が擦られる感触にまた高沢が微かに声を漏らすと、もう片方へと唇を寄せ強く吸い上げてきた。

「あっ……」

片方を指先で、もう片方を唇や舌で、ときにやさしく、ときにきつく攻める櫻内の愛撫に、先ほどは気配すら見せなかった快楽の焔が高沢の肌を焼き、唇からは悩ましい声が漏れ始めた。

「あっ……やっ……あっ……」

無意識に腰を捩る彼の雄は形を成し、熱く震えている。肌を合わせている櫻内にはすぐにその状態は伝わったようで、胸を舐っていた彼はちらとまた顔を上げ、喘ぐ高沢を見やったあと、身体をずり下げ彼の下肢に顔を埋めてきた。

「あぁっ……」

熱い口内にすっぽりと雄を含まれた高沢の口から高い声が漏れる。巧みな口淫を続けながら櫻内が指先を後ろへと滑らせ、ぐっと指を挿入してきたのに、高沢の背は大きく仰け反り、唇からは苦痛の悲鳴ではなく快楽を伝える嬌声が零《こぼ》れ落ちた。

「あっ……あぁっ……あっ……」

先端に舌を絡め、滲み出る先走りの液を音を立てて啜る。再び雄を口へと含み、裏筋から順番に舌を伝わらせていきながら、櫻内が後ろに挿れた指を乱暴なくらいの強さでかき回す。

「あっ……はぁっ……あっ……」

櫻内により前に、後ろに与えられる愛撫に、高沢の息はすっかり上がり、全身がうっすらと汗に覆われてゆく。もう達してしまう、と快楽に身悶えながら高沢は執拗に己の下肢を攻め立てる櫻内の髪を摑んだ。

「……わかった」

くす、と笑った櫻内の口から、勃ちきった己の雄が零れ、パシっと音を立てて腹に当たった。どくどくと先端から零れ落ちる先走りの液が肌を濡らす。そこまで昂《たか》まっていた彼に我慢などできるわけがないと踏んだのか、櫻内は高沢の両手を摑むと、自身の雄へと導き、根元をしっかり握らせた。

「……う……」

既に意識も朦朧としている高沢が促されるままに動くのに、よし、と櫻内は微笑むと改めて彼の両脚を抱え上げ露わにしたそこに、ずぶり、と彼の雄を挿入させた。

「あっ……」

高く喘いだ高沢が、無意識のうちに自身の雄をぎゅっと握り締める。本人その自覚はないものの、快楽を共有したいと願うその仕草は櫻内をことのほか喜ばせたようで、目を細め愛しげな微笑を浮かべると、勢いよく腰を動かし始めた。

「あっ……はぁっ……あっ……あっあっ」

行為自体は先ほどと変わらないというのに、高沢の体感する感覚は百八十度違うものだった。熱くわななく自身のそこは、今は櫻内の逞しい雄の侵入を悦び、更に奥へと彼をいざなおうとしている。櫻内もまた高沢同様、酷く昂まっていることは、低く漏れる彼の声が物語っていた。

「あぁっ……あっあっあっ」

律動の激しさが一段と増したのにつられ、自身の雄を握っていた高沢の手は自然と上下に動いていた。そのさまを見た櫻内の動きが更に速まり、突き上げがまた激しくなる。

「くっ」

櫻内が低くうめいたと同時に、高沢も高く喘ぎ、自分自身で扱き上げた手の中に白濁した液を飛ばしていた。ずしりとした精液の重さを後ろに感じることで、櫻内もまた達したことを察した高沢の唇から、我ながら甘いとしかいいようのない吐息が漏れる。

「……ぁ……」

その声に誘われたように、櫻内がゆっくりと身体を倒し、唇を寄せてくる。先ほど、何かを語るのを途中でやめたその唇が高沢の唇を軽く塞いだとき、不意に高沢の脳裏に、三室の言葉が蘇った。

『言ってやればいいのだ。「愛してる、あなただけだ」と』

「…………」

愛している、か、と心の中で呟いた高沢の頭に、唐突にある思いが浮かぶ。

もしや櫻内はあのとき、その言葉を――『愛している』という言葉を、自分に求めたのではなかったか、という思いが――。

「ん……っ」

触れるだけのくちづけが、やがてきつく舌を絡め貪るようなキスへと変じてゆく。

『愛している』

唇に上りかけたその言葉を飲み込むかのような激しい櫻内のくちづけに溺れ込みながら高沢は、今宵櫻内が何に憤り、そしてなにゆえにその憤りから脱したのかということをぼんやりと考えていた。

その後はいつものように、二度、三度と精を吐き出させられたあと、息も絶え絶えになった高沢の身体を櫻内は逞しいその胸に抱き締め、彼が寝やすいような体勢を整えてくれた。

「大丈夫か」

過ぎた行為のあとに体調を案じてくれるのもまたいつもどおりで、大丈夫、と高沢は小さく頷き、櫻内の腕の中で目を閉じる。

「……悪かった」

ぼそり、と小さく告げられた言葉は果たして、実際に櫻内が告げたものなのか、それとも夢の中で聞いた幻の声なのか、高沢には判断がつかなかった。夢の中で高沢はまた、幻の三室の声をも聞いていたからである。

『組長はそこまで器の小さな男ではない。それだけに苦悩していると思うがね』

苦悩——櫻内が苦悩することなどあるのだろうか、と首を傾げた高沢の耳にまた、三室の幻の声が響く。

『言ってやればいいのだ。「愛してる、あなただけだ」と』

「……愛している……」

幻の声に促されるまま、呟いた言葉は夢の延長だったのか、はたまた実際に唇から零れたものだったのかもまた、高沢には判断がつかなかった。

だが、自身の背を抱く櫻内の腕に一段と力がこもったのに、えもいわれぬ喜びが芽生えたことだけは、夢うつつの状態ではあったもののしっかりと自覚していた。

美しき獣の休息

「明日、箱根に行くぞ」

帰宅した櫻内《さくらうち》が自室に呼びつけた高沢《たかざわ》に向かい、開口一番告げた言葉がこれだった。

「箱根？」

明日は確か東北の傍系との会合で、箱根行きなどという予定は入っていなかったはずなのだが、と眉を顰《ひそ》めた高沢の背を櫻内が抱き寄せる。

「予定変更で急に明日、ぽっかり身体が空いたんだ。それで久々に温泉に浸かりたくなったのさ」

抱き寄せた高沢をそのままキングサイズのベッドへと押し倒しながら、櫻内が歌うような口調で言葉を続ける。

「……温泉……っ……？」

随分唐突な、と問おうとした高沢は、早くもはだけさせられたシャツの間から潜り込んできた櫻内の指先が、彼の乳首をきゅっと抓ったのに息を呑んだ。

「お前は奥多摩で頻繁に温泉に浸かっているから有り難みもないだろうがな」

言葉に詰まったところに櫻内がそんなことを言い、更にきゅっと、痛いほどの力で高沢の乳首を抓り上げる。

「……ぁっ」

「定宿にしているところがある。料理も風呂もなかなかいい。明日はそこに行くことにしよう」

堪えきれずに声を漏らした高沢の耳に唇を寄せ、櫻内が喘ぐ彼の胸をまさぐり続けながら囁きかけてくる。

「やっ……あっ……あっ……」

「露天風呂がまたいいのさ。風呂の中でこれでもかというほどに乱れさせてやる」

ふふ、とそれは楽しげに笑い、櫻内が高沢の、既に勃ち上がっていた紅《べに》色の乳首を噛んだ。

「あっ……」

堪らず身を捩る高沢の身体を組み敷き、胸から下肢へと櫻内が唇を滑らせてゆく。

「楽しみだな」

勃ちかけたペニスを愛《いと》しげに扱き上げ、先端に唇を押し当てる。びく、と震える雄蕊《おしん》の感触が唇へと伝わってきたことに、櫻内はよし、と言わんばかりに微笑むと、先端を口へと含んだ。

「んっ……んんっ……」

竿《さお》を手で扱き上げながら、鈴口を硬くした舌先で割っていく。昨夜の情痕《じょうこん》が生々しく残っている高沢の身体が敷布の上で撓《しな》り、唇からは甘いとしかいいようのない声が漏れてゆく。

「……まあ、どこでもやることは一緒のような気もするがな」

シーツの海の上で身悶《みもだ》える高沢の裸体を愛しげに目を細めて見やったあと、再び櫻内は彼の下肢に顔を埋め、どくどくと脈打つ雄をしゃぶり始めた。

「あっ……やっ……あっ……」

高沢の悩ましい声が、櫻内の寝室に響き渡る。いきなり箱根に行くなどと言い出した理由を問い質《ただ》すより前に雪崩《なだ》れ込むことになった行為に、今や高沢はすっかり翻弄《ほんろう》されつつあった。

「あぁっ……やっ……あっ……あっあっ」

櫻内の巧みな口淫《こういん》に、高沢の背が大きく仰け反り、上がる嬌声《きょうせい》が高くなる。もう耐えられないとばかりに眉を寄せて激しく首を横に振り、喘ぎ乱れる高沢の姿をまた櫻内は愛しげに見上げるとおもむろに身体を起こし、彼の両脚を抱え上げた。

「やっ……」

双丘《そうきゅう》を割り、すでにひくついているそこにむしゃぶりつく。

「あっ……やっ……あっあっ」

腰を上げさせられた辛《つら》い体勢と、後ろへの刺激に、ますます乱れる高沢の声を聞きながら、櫻内は明日には自身が愛してやまないこの少し掠《かす》れた声が、箱根の空へと響くさまを思い描き、それは満足そうに微笑むと、もどかしげに身を捩る高沢の望むものを与えるべく、身体を起こした。

手早く服を脱ぎ捨て、再び高沢の両脚を抱え上げたあと、いきり立つそれを彼の後孔へと埋めていく。

「あぁっ……」

ずぶずぶと面白いように櫻内の雄は高沢の中へと呑み込まれる。ほとんど意識はないような状態だろうに、その雄の感触を悦《よろこ》ぶかのように高沢の中がざわめき、きゅっと櫻内の雄を締め上げた。貪欲《どんよく》とも言うべきそんな反応を見せる身体に仕込んだのは自分だと思う櫻内の端整な顔には笑みが浮かび、煽《あお》られる欲情を今こそ発散しようと激しく腰を使い始めた。

「あっ……あぁっ……あっあっあっ」

二人の下肢がぶつかり合うときにパンパンと激しく音が立つほどの力強い突き上げに、高沢の喘ぎは更に高く、シーツの上で身悶える彼の動きは更に激しくなっていく。乱れる肢体を押さえ込み、突き上げ続ける櫻内の頬から、その夜端整な笑みが失せることはついになかった。


翌日、櫻内は予告どおり高沢を伴い箱根へと向かった。移動手段はいつものごとく車で、運転手は渡辺《わたなべ》が務め、ボディガードがわりに早乙女《さおとめ》が同行することとなった。

今回の箱根行きはあくまでも休暇であり、お忍びということだったが、そうはいいながらも櫻内の車の前後には護衛の車がつき、総勢十二名での移動となった。

菱沼組《ひしぬまぐみ》の五代目を継ぐ前は、ここまで警護が徹底していなかったように思う、と高沢はフロントガラスの向こうに前の車両を、振り返って後ろの車両を見やった。

高沢は櫻内のボディガードであるが、確かに跡目を継いでこの方、櫻内を取り巻く諸環境で危険度が増しているという自覚はあった。ことに中国マフィアの趙《チョウ》との抗争が勃発《ぼっぱつ》した以降は、危険度はより高くなり、護衛の数を一・五倍に増やしたほどだった。

組員たちの総意は、危険の及ぶ可能性のある行動は慎んでもらいたいというところなのだろうが、下手《へた》をするとボディガード以上に危機には敏感、かつ実戦では負けたことがないという絶対的な自信を持つ櫻内だけに、その彼に説得を試みる者は幹部の中にはいなかった。

とはいえ、みすみす危機を見逃すこともできないというわけで、今回の『お忍び』にも早乙女、渡辺を含めて十名の警護がついたというわけなのだろうが、ボディガードである自分がこうして『警護される』側にいるのもな、と高沢は周囲に知れぬよう密かに溜め息をついた。

今さら、という感はある。櫻内は高沢が自分の愛人——今や唯一無二の愛人であるということを、誰に対しても隠そうとしない。組員たちの中には、絶世の美貌を誇る櫻内の寵愛《ちょうあい》を注がれる相手が、男、しかも見たところ凡庸な容姿をしている高沢だということに疑問を覚える者が少なくない。その上高沢の前職が警察官だということに対して不満を抱く者もまた数多くいると、高沢自身も知っていた。

現に先般、その不満を見抜かれた若頭補佐の寺山《てらやま》が趙に取り込まれたのであるが、敵に寝返ることはないまでも、櫻内が高沢を『唯一の愛人』として寵愛を注ぐのを大半の組員は面白くなく思っているのではないかと高沢は案じていた。

高沢のボディガードとしての腕は一流なのだが、その点で彼を評価する者はまずいない。ただ、万が一高沢が下手を打った場合には、『この愛人が』と誹《そし》られることは間違いない。人から見たら不当としかいいようがない立場ではあるが、そのことに対しては高沢は特に思うところはなかった。

元来、高沢は人に対する興味が酷く薄い。組員たちの意向を気にすることこそ、高沢らしからぬ心情ではあるのだが、気にする理由が自分にはなく、櫻内を気遣うが故《ゆえ》ということもまた、高沢の大きな変化といえた。

高沢にとって興味のある対象は射撃のみであり、自分自身にすらそう重きを置いていない。その彼が人のために——櫻内のために自分を曲げ、組員たちの不興を少しでも軽くするよう態度に気を配っている。なぜに自分がそんなことをしているのか、はっきり意識しているわけではないにせよ、自身の内面が確実に変化しているという自覚は高沢にもあった。

「何を考えている？」

傍らから櫻内の声が響くと同時に、彼の手が高沢の内腿《うちもも》へと滑り込む。

「……おい」

その手がすっと上へと滑り、ぎゅっと股間《こかん》を握ってきたのを、我に返った高沢が慌てて押さえたのに、運転席と助手席で渡辺と早乙女、二人の肩が同時にびくっと震えた。

「仰々しい道行きだが、まあ、仕方がない。今さら気にすることもないだろう」

櫻内が、ふふ、と微笑み、高沢の手をあっさりと振り解《ほど》くと、彼の下肢を揉《も》みしだく。

「……よせ……っ」

人目を気にしないのは櫻内の自由であるが、自分としては気になる、と再び高沢は櫻内の手を押さえようとしたのだが、既にその手は器用にファスナーを下ろし直《じか》に高沢に触れていた。

「……っ」

先端のくびれた部分を指先で擦られ、高沢が微かに息を呑んだ、その気配にまた、前部シートの二人の身体が、びくっと震えた。

「早乙女」

気配を察した櫻内が、早乙女の名を呼ぶ。

「へ、へい」

「いい加減に慣れろ」

「も、申し訳ありやせん」

苦笑し告げた櫻内に対し、ここが車内でなければ直立不動の姿勢になっていたであろう勢いで早乙女は詫《わ》び、深く頭を下げたあまりにフロントガラスに額をぶつけた。

「馬鹿め」

ははは、と笑いながらも櫻内の手は止まらず、高沢の雄を弄《もてあそ》び続けている。

「……ぁっ……」

その手を押さえようとした高沢だが、勢いよく扱き上げられる刺激に堪らず声を漏らし櫻内の肩に顔を埋めた。

「そうだ。そうしていればいい」

恥ずかしければな、と楽しげに笑い、櫻内が高沢を扱いていた手を右手へと換え、左手で彼の肩を抱き寄せる。

「く……っ……んっ……」

漏れる声を抑え、身体を震わせる高沢を愛しげに見つめながらも、櫻内の手は止まらず彼を快楽の極みへと追い立ててゆく。ぬちゃぬちゃという濡《ぬ》れた淫猥《いんわい》な音と、高沢の悩ましい声が車内に響く中、早乙女は両手で耳を塞ぎ、運転手を務める渡辺は空咳《からせき》を繰り返す。とても『慣れる』ことなどできない様子の若者に苦笑しているのは櫻内ばかりで、往路の車中、達してしまいそうになるのを高沢は櫻内の腕の中で必死で堪え続けるという憂《う》き目に遭うこととなった。

箱根には二時間ほどで到着した。『花や』という高級旅館には既に話が通じているらしく、出迎えは女将《おかみ》のみで、和装の美女の彼女が櫻内と傍らでぐったりしている高沢を伴い、離れへと案内した。

「今日は随分と騒がしいな」

櫻内が眉を顰めたのは、ロビーを通る際に後方でけたたましい笑い声が響いたからなのだが、途端に前を歩いていた女将が恐縮した顔になり、振り返って深く頭を下げて寄越した。

「大変申し訳ありません。本日は予約が混《こ》んでおりまして……ただ、櫻内様のお部屋の両隣は空室にしてございますので」

どうかご勘弁を、と言う彼女に櫻内は「かまわない」と微笑むと、ちら、と声のした方を振り返った。つられて高沢も、あとに続いていた早乙女も後方を振り返る。

「せっかく温泉に来たんだから、大浴場にいきましょうよう！」

「えー、アタシたちは部屋風呂でいいわあ。ママ、一人でいってらっしゃいよ」

野太い声で騒いでいるのは、高級旅館にそぐわないオカマたちだった。早乙女が身体の向きを変えたのは『うるせえ』などと言い彼らを威嚇するためだと思われたが、彼が行動を起こす前に櫻内が制した。

「かまわない。問題を起こすな」

「申し訳ありやせん」

またも早乙女が大仰なほどに恐縮し、大きな声で詫びる。その声はオカマたちにも届いたようで、おしゃべりに花を咲かせていた彼らの間に一瞬静寂が訪れた。

「いやあねえ、ヤクザよ、きっと」

「ママ、怖いわ。難癖つけられたりしないかしら」

若いオカマが騒ぐ中、『ママ』と呼ばれたオカマが背伸びをして櫻内ら一行を見やり、

「あっ」

と大きな声を上げた。

「あんたたち、静かにっ！　アッチ見ちゃ駄目よっ　いいからいきましょう」

どうやら櫻内が誰であるか察したらしい、真っ青になった顔を——外国人モデルのような彫りの深い美人だったが、凝りに凝ったメイクの下の素顔のほどはわからない——背け、そそくさとその場を立ち去っていく長身のオカマの後ろ姿を高沢は見るともなしに見送っていたのだが、櫻内に「行くぞ」と促され我に返った。

「二丁目の情報屋だろう」

耳元で櫻内が小さく囁く。ああ、だから櫻内の顔を知っていたのか、と高沢が納得してい

るうちに彼らは廊下を渡り、離れへと到着した。

「お食事はこちらにお運びするのでよろしいでしょうか」

「ああ。頼む」

笑みを浮かべながらも、全身から緊張感が漂ってくる女将が問いかけてきたのに、櫻内が笑顔で答える。

「かしこまりました。それではごゆっくり」

女将が深く礼をして立ち去ったあとに早乙女も続いたが、部屋を離れてゆく足音は一人分だった。

「…………」

もしや、と眉を顰めた高沢は、背後から櫻内に抱き締められ、なに、と顔を向ける。

「用心のためだ。お前もいい加減に慣れろ」

「無理だ」

やはり早乙女は見張りのために室外に残っているらしい。人に見られ、聞かれている中での行為に『慣れろ』とは、と呆れた声を上げた高沢のシャツのボタンを櫻内が手早く外してゆく。

「生きていくのに順応性は大切だぞ」

「生きていくも何も……」

人前でのセックスがどう関係してくるんだ、と苦情を言いかけた高沢だが、櫻内が掌《てのひら》で乳首を擦り上げたのに、びく、と身体を震わせた。

「身体はすぐに慣れたというのに」

くすりと笑った櫻内の手が、今度は高沢のジーンズへと向かっていく。

「食事が来るんじゃないのか」

車中、さんざん悪戯《いたずら》されたというのに、という非難を込め、高沢は櫻内の手を押さえたのだが、

「食事の前に風呂に入ろう」

櫻内は聞く耳を持たず、強引に高沢の服を脱がし続ける。

「風呂って……」

部屋から裸で行くつもりか、と尚も櫻内の手を押さえかけた高沢だが、察した櫻内に耳元で囁かれその手を下ろした。

「各部屋に露天がついている。障子を開けたところが風呂だよ」

「へえ」

部屋ごとに露天風呂がついているとは豪勢だな、と高沢が感心しているうちに櫻内は彼のジーンズのファスナーを下ろすと、下着ごとそれを引き下ろし、高沢を全裸にした。

「先に入っていろ」

裸の背を促され、高沢は教えられた障子へと進んでそれを開く。

「……凄いな」

櫻内の言うとおりにそこは露天風呂で、眼下に芦ノ湖《あしのこ》が見渡せる眺望のいい場所だった。部屋付きの風呂というが狭さはまるで感じられず、三、四人は軽く入れそうである。

景色の良さといい、風呂の広さといい、おそらくこの部屋が貴賓室とも言うべき特別な部屋なのだろう、と思いながら、『先に入っていろ』という櫻内の言葉に甘え、高沢は桶《おけ》を湯船に入れて身体にかけたあと、湯に浸かった。

湯が温《ぬる》めであるのは、長時間入っていられるようにという宿の配慮なのだろうか、と澄んだ湯をかきまわしていると、背後で障子が開く音がし、櫻内が登場した。

「相変わらずいい眺めだな」

ほう、と感嘆の声を上げた櫻内が高沢の隣へと身体を沈め、にっと笑いかけてくる。

「どうだ、奥多摩の風呂よりもいい眺めだろう」

「……ああ」

『奥多摩の風呂』というのは言うまでもなく、高沢が暇さえあれば出かけている奥多摩の射撃練習場にある、来賓用の建物に付随する露天風呂のことだった。その建物には練習場の教官である三室《みむろ》が居住しており、高沢は何度か彼に誘われ露天に浸かったことがあった。

奥多摩の露天風呂の眺望も、奥多摩の山々の景色を見渡せるそれは素晴らしいものであるし、そもそもその露天は櫻内が景色のよさを気に入って作らせたものではあるのだが、彼が奥多摩よりもこの箱根の風呂が素晴らしい、と強調するのには理由があり、鈍いと言われることの多い高沢にもそれがわかっていた。

櫻内は高沢が射撃練習場に頻繁に通うのを好まない。教官である三室が警察時代の高沢の馴染みであり、今尚高沢が彼を尊敬し、どこかで心の拠《よ》り所としていることを、櫻内は面白くなく思うようで、奥多摩行きにいい顔をしないのである。

三度の飯よりも銃が好きな高沢であるので、櫻内が好んでいないとわかりつつも、練習場通いをやめることはない。彼にしてみたらなぜ櫻内が自分の射撃練習場通いを厭《いと》うのかが理解できないのである。

三室と自分の仲を勘ぐっている様子はない。三室に愛人がいると高沢に教えたのも櫻内である。

せめて櫻内が厭う理由でもわかれば練習場に向かう足も鈍ろうが、いくら考えても少しもわからない。それゆえ高沢の練習場通いはやまずにいるのだが、ちょうどいい、こうして櫻内が話題を振ってきたのであるからその理由を聞いてみよう、と高沢が口を開きかけたそのとき、

「失礼します」

障子の向こうから早乙女の声が響いてきたのに、高沢の、そして櫻内の注意が逸れた。

「なんだ」

櫻内の返事と共に障子が開き、畏《かしこ》まった顔をした早乙女が俯いたまま近づいてくる。

「お楽しみのところ申し訳ありやせん」

「ご託はいい」

早く言え、と櫻内に睨まれ、早乙女は飛び上がらんばかりになると早口で言葉を続けた。

「今日この『花や』には新宿署の刑事と本庁の刑事が宿泊するようです。両名とも、渡辺が顔を覚えていました」

「……本庁に新宿署……同行しているのか？」

櫻内の問いに、早乙女が「いえ」と首を横に振る。

「本庁の方は若い男連れ、新宿署は先ほどロビーで騒いでいたオカマたちと一緒だということでした」

「そうか」

相槌を打った櫻内が、早乙女を振り返る。

「捨て置け。偶然だろう。お互いプライベートを干渉し合うこともあるまい」

「……わかりました」

早乙女は深く頭を下げたが、櫻内が、行け、とばかりに顎《あご》をしゃくったのに、また飛び上がらんばかりになり「失礼します」と脱兎《だっと》のごとくその場を立ち去った。

「…………」

新宿署の刑事であれば、下手したら顔馴染みかもしれない。オカマたちと同行しているというのも面白いが、オカマの一人が情報屋であるならわからない話ではない。

となると仕事がらみか、とぼんやりとそんなことを考えていた高沢は、不意に腕を引かれ、はっと我に返った。

「なに」

「この宿は静かなのが最たる長所なんだが、今日はずいぶんと騒がしいようだ」

来い、と櫻内が高沢の身体を、胡座《あぐら》をかいていた膝の上を跨がせ、自分の方を向かせて座らせる。

「あっ……」

立て膝になっていたため、櫻内の顔の前にちょうど高沢の胸がきていた、その右の乳首を口へと含まれ、高沢が微《かす》かに声を漏らした。

きつく吸い上げたあと、ざらりとした舌が勃ち上がったそれを舐り始める。ぞわ、とした刺激が高沢の背を駆け抜け、身を捩ってしまったそのとき、背を支えていた櫻内の両手が下へと滑り、湯の中、高沢の尻を摑んでそこを押し広げてきた。

「……んっ……」

湯が中へと入り込む感触と共に、櫻内の繊細な指が一本中へと挿入されてくるのを感じ、高沢の眉が顰められる。再び尻を摑まれ、更に一本、櫻内が指をねじ込んだあと、その二本の指が激しく中をかき回し始めたのに、高沢の背が仰け反った。

「やっ……」

腰に回った櫻内のもう片方の手が高沢の身体をしっかりと支える。その支えがなければ湯の中に仰向《あおむ》けに倒れ込んでしまったであろう高沢の胸には、櫻内の唇が、舌が這い、敏感な乳首を攻めていた。

「あっ……やっ……あっ……」

車中、さんざん嬲《なぶ》られていた高沢の身体に欲情の火が灯《とも》るのはあまりに容易《たやす》く、早くも彼の雄は湯の中ですっかり勃ちきってしまっていた。その先端が何かに触れる感触に、高沢が薄く目を開き、己の下肢を見下ろす。

「……あっ……」

高沢の目に飛び込んできたのは、揺れる湯の中で勃ち上がっていた黒光りする櫻内の雄だった。ぼこぼことした凹凸《おうとつ》がある竿の見事さに、無意識のうちに高沢の喉がごくりと鳴る。

高沢の雄の先端に触れていたのは櫻内の雄の亀頭の部分だった。察したと同時に高沢の腰は更にそれに触れるよう前後に揺れてしまっていた。胸のあたりからくすりと笑う櫻内の声が聞こえたのに我に返った高沢が、あさましい己の行為に気づき羞恥に頰を染める。

「欲しいか」

櫻内が問いかけながら、ぐっと指で高沢の奥を衝《つ》く。

「あっ……」

またも高沢はその刺激に背を大きく仰け反らせたが、彼の後ろが激しく収縮し、望んでいるものは指などではないということを高沢の身体に、そして櫻内の指へと伝達した。

「欲しいようだな」

くすくす笑いながら櫻内が高沢の胸に歯を立てる。

「痛っ」

乳首の周りを噛まれ、悲鳴を上げた高沢の後ろから勢いよく指を引き抜くと、櫻内は彼の腰を支えて風呂の中で立たせた。

同時に自分も立ち上がると体勢を入れ替え、高沢に湯船の縁となっている岩に両手をつき尻を突き出すという格好を取らせる。

「湯の中では身体が浮いてしまうからな」

立たせた理由を説明しながら、櫻内が高沢のそこを押し広げ、いきり立っていたその先端をずぶりと挿入させる。

「あっ……」

待ち望んでいたものの挿入に、高沢のそこは悦びに震え、櫻内のそれを締め上げた。

「キツい」

櫻内が軽く高沢の尻を叩《たた》いたあと、ゆっくりと腰を進めてくる。

「んっ……んんっ……」

わざとらしいくらいのゆっくりした動きが、高沢にざわざわと全身の肌が粟立《あわだ》つ感じを与えてゆく。狭道をこじ開けるようにして櫻内の太い雄が進むのだが、ところどころ、ぼこり、ぼこりとした異物感が生じるのがまた、高沢の感じている快感を増幅させていた。

『真珠』の効用を余すところなく発揮しながら櫻内が自身を根元まで埋め込んだあと、一旦息を吐き出し動きを止める。

「ぁっ……」

ぴた、と二人の下肢が合わさったのに、高沢の喉が鳴った、その次の瞬間、浸かっていた湯が跳ねるほどの激しさで櫻内が腰を使い始めた。

「あっ……はぁっ……あっあっあっ」

力強い突き上げが高沢を一気に快楽の頂点へと引き上げていく。高く喘ぐ彼の身体をしっかりと抱き留めながら、櫻内は実にリズミカルに、そして激しい律動を続けていく。

「あぁっ……あっ……あっあっあぁっ」

湯の中で愛撫《あいぶ》をされた時点で既に、湯あたり寸前であった高沢の意識は更に霞《かす》み、すべてが朦朧《もうろう》としてくる。悲鳴のような高い声が周辺に響き渡るのを、まるで木霊《こだま》を聞くかのように遠くに聞きながら喘ぎ続けていた高沢は、自身の雄をぎゅっと握られ、いっとき意識を戻した。

「イくなよ」

低音で囁かれる言葉に、背筋がぞく、と震える。その瞬間達してしまいそうになったが、櫻内の手が根元をきつく握り、射精を阻んだ。

「あぁっ……あっ……もうっ……あっ……もうっ」

櫻内の突き上げの速度が増し、内臓がせり上がるほどに奥まで抉られる刺激に、高沢が首を激しく横に振り、達したいと叫ぶ。

「あぁっ……もう……っ」

「……っ」

わかった、とばかりに頷いた櫻内が、まず高沢から自身の雄を抜いたあと外で達し、その後高沢の身体を湯船の縁へと押しつけるようにしてから根元を押さえていた手を離した。

「あっ」

ピシャ、と高沢の精液があたりの岩へと飛ぶ。

「まだまだ夜は長い。湯を汚したくないからな」

はあはあと息を乱し項垂れる高沢の背を、櫻内が笑って叩く。そういうことか、と彼へと視線を向けたときにまた腕を引かれ、高沢は湯船へと引きずり込まれることとなった。

「なに……？」

湯が顔に跳ね、眉を顰めた高沢を後ろから抱き込み、櫻内が耳元に唇を寄せる。

「見ろ。そろそろ日が沈む」

櫻内の言葉に誘われ、目を向けた先ではまさに赤い夕陽が沈もうとしていた。

美しい——湖面を、そして空を彩る鮮やかなオレンジ色の太陽の美しさにいつしか見惚れていた高沢は、頰に熱い唇の感触を得、我に返った。

夕陽の美しさに今まで自分は、心動かされたことなどあっただろうか——?

少しずつ自分が、かつての自分から変化を遂げているのを、高沢はときに感じることがある。

かつての自分——櫻内と出会う前の自分は、成長に伴ういかなる『変化』をも感じたことがなかった。

男の愛人になるなど、考えたこともなかった自分が今や、男の腕の中で女のように高い声を上げ、快楽に身悶えた挙げ句に我を忘れるほどになっている。

だが高沢が戸惑いを覚えるのはそんな身体の変化ではなく、内面の変化——確実に自分の中に、新たな『何か』が生まれている、と自覚するその瞬間だった。

人の抱く感情の一種と思《おぼ》しきその変化は、はたして自分にとっては善か悪か。得か損か。はたまた是か非かということはわからない。

己が己でなくなる、まさにアイデンティティーの崩壊を予感させるその変化に身を任せる勇気を高沢は未だ持ち得ていない。

それでも――。

「美しいな」

頬に感じた唇が微かに離れ、耳朶《じだ》を噛むようにして囁かれる言葉に、高沢はしっかりと頷き声を漏らす。

「ああ、美しい……」

言葉にすることはすなわち、夕陽の美しさを感じるようになったという、己の変化を自認し、肯定する行為である。自己が崩壊した先にはどのような世界が待っているのか、わからないながらも高沢は、櫻内の顔へと視線を向け、燃える夕陽よりも尚美しいその顔に向かい再び「美しい」と、己の心に浮かぶがままの言葉を繰り返したのだった。

後日談

帰りの車中、激しい行為の連続に精も根も尽き果て、ぐったりしていた高沢の耳に、櫻内と早乙女の会話が聞こえてきた。

「結局、本庁も新宿署も単なる旅行だったようですが、結構な騒ぎになってました」

「ほう?」

高沢が既に『悪戯』もしかけられぬほどに消耗しきっているために、退屈していた櫻内が早乙女の話に乗る。

「本庁の刑事の部屋の周辺から苦情が出たそうです。きっつい関西弁のおばちゃんが騒ぎ倒していたらしく」

「若い男連れではなかったのか?」

確かそういう話だった、と高沢も半分眠りながら首を傾げていると、「それが」と早乙女が後部シートを振り返り、おかしさを堪えている口調で話し始めた。

「もともとは二人連れだったそうですが、偶然本庁の刑事の身内が宿に泊まり合わせたんだそうです。しかも例のオカマと新宿署の刑事、アレも知り合いだったらしく、これまた偶然泊まり合わせたらしいんですよ」

「詳しいな、早乙女」

「オカマと関西弁のおばちゃん――といってもいいところの奥様風だったらしいですが――が、騒ぎ倒したおかげで、大半の宿泊客は知ってます。新宿署の刑事は風呂で鼻血吹いてぶっ倒れたらしく、それも噂になってました」

「……なるほど。騒がしいわけだ」

ははは、と櫻内が笑い、高沢の髪を梳《す》く。優しい指の感触に高沢は目を閉じ、櫻内へと身体を寄せる。

宿泊客の大半が知っているというその騒ぎをまったく知らぬほどに、露天の中で、そして布団の中で、激しく互いを求め合い、濃密な時間を過ごした二人を乗せた車は一路東京は松濤《しょうとう》の自宅へと向かっていった。

たくらみの罠
～コミックバージョン～

原案:愁堂れな
作画:角田 緑

日本最大の規模を誇る岡村組の若頭八木沼のもとにも風間黎一が刑期を終えるという噂はいち早く届いていた
風間もいよいよ戻って来よるか
櫻内組長は現在空席の若頭補佐に風間を指名するのではいう噂です
……
楽しみやな
ゴク
これでようやく
綺麗どころが揃いよったわ
え

風間はムショ入る前に見たきりやけど ほんまにべっぴんやでー
Yes!
せやな！たとえるなら凛々しい白薔薇というとこか！
…
組長どないしたん
昨日宝塚観に行かれてました
…べ○ばらか……
あの床上手のボディガードは野に咲くひなげしやな
うんうん
健気度200%増量中
乃木沼フィルター
そしてっ
櫻内は勿論

華麗な紅薔薇や
どかーーん
わははは
はぁ…
というわけでな
八木沼の兄貴からおまえの出所祝いだそうだ
え…
髪のびた
これをどうしろ…と?
くるしい…
がまんですがまん
というか
玲二 おまえ
似合うな…
END

あとがき

はじめまして&こんにちは。愁堂れなです。

このたびは四十四（ゾロ目ですね！）冊目のルチル文庫となりました『たくらみの罠』をお手に取ってくださり、どうもありがとうございました。

皆様の応援のおかげで『たくらみシリーズ』の第二部がいよいよ始動となりました。リクエストくださいました皆様、本当にありがとうございます！

第二部ということで新キャラも何人か登場させました。皆様に少しでも気に入っていただけるといいなとお祈りしています。シリーズ未読の方にもこの機会にお手に取っていただけると嬉しいです。

イラストの角田緑先生、今回も本当に本当に！　本当に素敵なイラストをどうもありがとうございました！　また先生と一緒にシリーズを再開できて嬉しいです！　おまけ漫画も楽しく仕上げてくださり、めちゃめちゃ感激しています！

第二部でもどうぞよろしくお願い申し上げます。

また、今回も大変お世話になりました担当のO様をはじめ、本書発行に携わってくださいましたすべての皆様に、この場をお借り致しまして心より御礼申し上げます。

美貌のヤクザ櫻内と、地味だけど笑顔は無敵（笑）のボディガード高沢の新たなストーリーを、本当に楽しみながら書かせていただきました。皆様にも楽しんでいただけていましたら、これほど嬉しいことはありません。よろしかったらどうぞご感想をお聞かせくださいませ。心よりお待ち申し上げます。

今回、ノベルズ発行時にお手紙をくださった方にお送りした自主制作の小冊子『美しき獣の休息』と、完売した同人誌に掲載していましたショートが併録となっています。現在入手困難ということでリクエストを多く頂戴しておりましたため、収録させていただきました。当時ご入手くださいました皆様には改めまして御礼申し上げます。本当にどうもありがとうございました。

ちょっと気になるところで終わっている本作の続きは来年となります。よろしかったらどうぞお手に取ってみてくださいね。

次のルチル文庫様でのお仕事は八月に文庫を発行していただける予定です。よろしかったらこちらもどうぞお手に取ってみてくださいませ。

また皆様にお目にかかれますことを切にお祈りしています。

平成二十五年六月吉日

愁堂れな

✦初出　たくらみの罠……………………書き下ろし
恍惚……………………………2006年8月　同人誌
美しき獣の嫉妬……………2007年9月　同人誌
美しき獣の休息……………2008年2月　個人作成小冊子

愁堂れな先生、角田緑先生へのお便り、本作品に関するご意見、ご感想などは
〒151-0051 東京都渋谷区千駄ヶ谷 4-9-7
幻冬舎コミックス　ルチル文庫「たくらみの罠」係まで。

幻冬舎ルチル文庫

たくらみの罠

2013年 6 月20日　第1刷発行
2016年11月20日　第3刷発行

✦著者　愁堂れな　しゅうどう れな

✦発行人　石原正康

✦発行元　株式会社 幻冬舎コミックス
〒151-0051 東京都渋谷区千駄ヶ谷 4-9-7
電話 03(5411)6431[編集]

✦発売元　株式会社 幻冬舎
〒151-0051 東京都渋谷区千駄ヶ谷 4-9-7
電話 03(5411)6222[営業]
振替 00120-8-767643

✦印刷・製本所　中央精版印刷株式会社

✦検印廃止

ISBN978-4-344-82864-3　C0193　Printed in Japan